HI HAVIA UNA VEGADA UN COS

JOFRE LLOMBART

HI HAVIA UNA VEGADA UN COS

Un conte per descansar

Pròleg d'Els Catarres

Columna

PRIMERA EDICIÓ: SETEMBRE DEL 2021

AV. DIAGONAL, 662-664 - 08034 BARCELONA
ISBN: 978-84-664-2810-1
DIPÒSIT LEGAL: B .9.790-2021
FOTOCOMPOSICIÓ: AURADIGIT

www.columnaedicions.cat

Certificat PEFC
Aquest llibre procedeix de boscos gestionats de forma sostenible i fonts controlades
PEFC/14-38-00305
www.pefc.es

A la Martina, al Jan, a la Gina, a la Clàudia, a la Lua,
a la Laia, a la Joana, a l'Abril, al Pau, al Gerard,
a la Paula, al Martí, al Roc, a l'Arnau, a la Marina,
a la Jana, al Roger, a la Bruna, a la Maria, a la Lola,
a la Mariona, a l'Àlex, a la Rokiatou, a l'Anna,
a la Juliette, a l'Adrià, a la Geòrgia, a la Gabriela,
al Marc, a l'Aina, al Bernat, al Lluc, al Pol, a la Cloe,
al Guillem, a l'Alba, a l'Elna, al Quim, a la Mia,
al Marcel, al Bru, al Max, al Mateu, al Roger,
a la Berta, a la Gal·la, a l'Emma, al Llorenç, a la Núria,
a l'Adrián, al Tomàs, a l'Olívia, al Lucas, a la Míriam,
al Daniel, al Xavi, al Pablo, a la Carmen, al Mario,
a la Júlia, a la Nina, a l'Oriol, al Roc, a la Ia Miró,
al Rai, al Fèlix, a la Simona, a la Noa, a la Urgell,
a l'Indíbil, a la Nialó, i a tots els nens i nenes del món
perquè dormin bé i els seus somnis es facin realitat.

Índex

Pròleg

En blanc

19.20 h

Estic donant el sopar a l'Àsia, la meva filla de vint-i-un mesos. Tot el meu entorn ja sap que a partir de les set de la tarda no contesto ni trucades ni whatsapps perquè comença el ritual diari de rebaixar l'activitat per emprendre, un dia més, la diabòlica aventura de posar a dormir la criatura.

Abans de ser pare tothom sap que haurà d'escalar aquesta muntanya, però fins que no t'hi trobes, ningú és prou conscient de l'altura que té. Alhora, quan has aconseguit que tanquin els ulls i dormin, semblen angelets i tens la sensació d'haver viscut un moment màgic. Cada dia.

Per a mi és el moment més íntim amb la meva filla. Sense inputs externs, sense llum, parlant en veu baixa i fent volar la imaginació a través dels contes. És en aquest punt que sovint ens falten eines i experiència. Jo he descobert que hi ha contes com *Els tres porquets* o *La llebre i la tortuga* que, lluny de relaxar-la, toquen algunes tecles que l'activen encara més: «El lloooooooop, papa!!! Uiii, poooooor!!!». Merda. Tornem a la casella de sortida.

Doncs tornant al que us explicava, just quan donava el sopar a la petita veig que en Ramon Montardit, encarregat de premsa d'Els Catarres, em truca passades les set i òbviament l'agafo perquè m'imagino que si trenca la norma de no trucar-me a partir de les set és perquè deu ser urgent. Urgent no ho era però sí meravellós: em diu que en Jofre Llombart li ha demanat posar-nos en contacte perquè li agradaria que Els Catarres, com que hem estat pares, féssim el pròleg del seu conte. Un conte infantil que alhora és una eina que li ha funcionat molt bé per posar a dormir els seus petits. Espectacular. Abans que se m'oblidi escric a la Roser (perquè la memòria és una de les coses que també els fallen als pares que passen males nits).

Quan acabem de sopar i s'acosta el moment «màgic» d'anar a dormir, veig la petita rient i corrent per casa com si no hi hagués un demà i no puc deixar de pensar: «Jofre, per què carai no el vas escriure fa dos anys!».

19.30 h

En Jaume (la meva parella) i jo, estem donant el sopar a la Nelita, quan rebo el missatge d'en Joan: «En Jofre Llombart, de RAC1, ens proposa si volem escriure el pròleg del seu llibre. Sobretot tu i jo, que hem set pares, perquè és un conte per a nens».

Deixo el missatge com a no llegit i seguim amb el ritual que s'esdevé en la gran majoria de cases amb nens petits: sopar, banyera, teta, dormir...

Bé, a casa nostra això de dormir és més aviat una utopia. Des que la Nelita va néixer, puc comptar amb els dits d'una mà els cops que hem dormit més de dues hores seguides, per no parlar de les happyhours que tenim sovint a hores intempestives quan ens demana jugar, pregunta per què l'avi no és allà al mig del llit amb nosaltres o insisteix que anem a mirar per la finestra si veiem el gat dels veïns. Després de tot això, ens llevem rebentats, però mirem el tresoret que tenim i la veritat és que ens passen tots els mals i ens retorna l'energia per encarar un nou dia.

Ara bé, he llegit alguns llibres sobre com educar el son, i us he de confessar que quan vaig saber de què anava el conte vaig pensar: «Oita, un altre que ha inventat la sopa d'all». Perdoneu la meva desconfiança, però això de no dormir em converteix en una persona malèfica, de vegades.

Fins que un dia em vaig asseure i el vaig començar a llegir. I em va passar que, sense adonar-me'n, anava passant pàgines i pàgines, i me'l vaig empassar tot d'una revolada! Senzill, connectat amb les emocions, amb la terra i la naturalesa, i amb els bioritmes interns —als quals fem tan poc cas—, i mostrant l'amor d'un pare que estima immensament els seus fills i que els sap transmetre, de manera màgica i bonica, un gran respecte pel seu cos, les seves emocions i l'entorn i les persones amb qui comparteixen les seves vides.

Més enllà d'un conte per aprendre a descansar explicat d'una manera molt original, he tingut el plaer de fer una gran descoberta humana amb aquesta lectura. Quanta sensibilitat!

Per acabar, us diré que m'ha agradat tant, que hem començat a explicar-lo a la Nelita i de moment portem unes quantes nits més tranquil·les.

Em sento afortunada d'haver pogut formar part d'aquest conte tan bonic i sincer.

Gràcies, Jofre, per escollir-nos i per aquesta meravella. Et desitgem el millor. Bé, de fet ja ho tens, ens has ensenyat que amb els teus fills tens una relació totalment autèntica, plena d'amor i de respecte, i això és el millor del món.

Els Catarres

INTRODUCCIÓ

En plena primera onada de la pandèmia, una de les coses que ens va costar més va ser intentar mantenir els mateixos horaris quotidians. Ens posàvem el despertador (això sí, una mica més tard) com si anéssim a l'escola i a treballar. Intentàvem dinar sempre a la mateixa hora, tornar a fer una mica de feina i «sortir d'escola» cap a tres quarts de cinc. Llavors era el torn de les nostres extraescolars particulars. I després, el de sempre: banys, sopars i a dormir. Malgrat tot aquest esforç, a l'hora de ficar-nos al llit no teníem tanta son. El desgast físic diari no era el mateix que el dels «dies d'abans», i a més les preocupacions i els neguits anaven fent coixí —i mai més ben dit.

Va ser així com, un bon dia (bé, una bona nit), la Martina em va preguntar al llit, mentre no li venia la son: «Per què hem de dormir?». Mai deixaran de sorprendre'ns, aquesta canalla. En lloc de dir que no es podia adormir, la Martina es va qüestionar per què ho havíem de fer. Dit d'una altra manera, és com si un dia que no tingués gana es preguntés per què hem de menjar. La pregunta/dilema em va deixar tan astorat que només vaig saber contestar fent servir el manual: «Perquè hem de descansar». I va ser aquí quan em va confessar que no li trobava sentit a haver de descansar sense estar cansada.

La conversa va continuar, ella amb la seva intuïció infantil i jo amb la meva racionalitat paternal. Va ser com un partit de tennis: ella no trobava sentit a estar estirada al llit i jo li insistia que ho havia de fer. I llavors, sense voler-ho, vam trobar la porta de sortida a aquell bucle:

—Tu potser no estàs cansada, però el teu cos sí. Si les parts del teu cos poguessin parlar, segur que et demanarien descansar.

En el seu silenci hi vaig veure una escletxa perquè la resistència a descansar cedís, la son guanyés terreny i s'acabés adormint. I vaig seguir per aquesta via:

—Pensa que tu no estàs cansada, però els teus peus sí. Però com que no poden parlar, no t'ho diran. Això no treu que els teus peus, avui, han caminat, han saltat, han corregut... i ara estan cansats. Necessiten descansar.

I va ser així com després dels peus van venir les cames, els malucs, la panxa, fins a arribar al cap. Quan vaig acabar de repassar les parts del cos, la Martina ja dormia.

L'endemà a la nit, la Martina em va demanar que li tornés a explicar exactament el mateix. I va tornar a passar exactament el mateix: conversa sobre la necessitat de descansar i dormir i adormir-se tot seguit. I l'endemà el mateix. Era el nostre petit secret. Va ser secret fins que, satisfeta del sistema, l'hi va explicar al seu germà Jan. I aquella mateixa nit ja em teniu assegut en una cadira en un punt equidistant entre les portes de les dues habitacions per explicar el mateix. Bé, el mateix no. Un dels secrets de l'èxit d'aquest conte és que mai es repetia literalment paraula per paraula. Sí l'estructura, però no el contingut. Cada dia canviava segons l'activitat que havien fet. «Avui, les mans estan molt cansades perquè han fet un pastís». Però l'endemà estaven cansades perquè havien escrit durant molta estona. Va ser aquí on vaig descobrir que el conte en realitat també servia per repassar el dia, detectar què havia agradat i què no i —per damunt de tot— convertir-los a ells en protagonistes. Tot això, al Jan, dos anys més gran, també li va agradar, i l'endemà tots dos em van tornar a demanar que els hi expliqués. Aviat, a aquesta nova tècnica somnífera n'hi van dir «les parts del cos». «Fes-nos les parts del cos», em deien. Fer les parts del cos volia dir que els expliqués (en forma de conte) la necessitat que aquestes parts del cos havien de descansar.

Sense confessar gaires més intimitats, sí que us diré que «fer les parts del cos» va posar fi a una etapa en què els costava molt adormir-se d'una manera rutinària i endreçada. Estàvem tan gratament sorpresos per l'èxit d'aquest conte inventat (i actualitzat cada nit) que un dia vaig gosar gravar-me amb el mòbil i passar-l'hi a un parell de famílies amigues que es trobaven amb el mateix problema. També va funcionar. I després dues famílies més. I després quatre. I, per aquells estranys camins de la viralitat, l'arxiu d'àudio amb «les parts del cos» va arribar a moltíssima gent. Gent que ni tan sols coneixia. I va ser així com va arribar a oïda de l'editorial que publica llibres com aquest. Aquesta és la història d'aquesta història, un conte per a petits, per a mitjans, per a grans, que va molt bé per ajudar a adormir-se però que sobretot el que farà és estrènyer el vincle amb els vostres fills i filles.

ABANS D'EXPLICAR EL CONTE

Tal com passa en altres situacions de la vida, uns bons preliminars ens poden ajudar a aconseguir els nostres objectius. (Si no has entès la frase i ets menor d'edat, segur que algun adult de confiança te la pot explicar.) El que vull dir és que la tranquil·litat que transmetrà el conte no es pot imposar de manera fulminant. Abans, cal una petita tasca d'anar abaixant revolucions. No podem pretendre anar com una moto, ficar-nos al llit i després adormir-nos de manera immediata. Cada cop són més els experts que diuen que, per anar bé, hauríem d'adoptar uns horaris més europeus al llarg de tot el dia. Això vol dir dinar d'hora, sopar d'hora i anar a dormir d'hora. Però, més important que això, el que cal és crear un temps de separació entre el sopar i el dormir. Dit d'una altra manera: no és gens aconsellable ficar-se al llit pràcticament amb el menjar a la boca; és preferible arribar-hi amb la digestió pràcticament feta. Per tant, si tirem enrere, la clau de volta és què fem quan arribem de l'escola. Durant generacions i generacions l'opció clàssica era arribar a casa, berenar, fer qualsevol activitat (des d'extraescolars a deures o jocs), dutxes, sopar i dormir. Tot això continua sent necessari, però... i si canviem l'ordre?

La doctora Antònia Simon és una pediatra amb una àmplia experiència que al llarg dels anys ha atès milers i milers de nens i nenes, tant a la Dexeus com a l'Hospital de Sant Joan de Déu, i que ara atén a la seva consulta privada. La doctora Simon proposa, atenció, sopar com a molt tard a les set del vespre, i si podem sopar a dos quarts de set, millor. Els bioritmes humans són més tossuts que les necessitats artificials que ens hem autoimposat en la societat dels segles XX i XXI, i és per això —ens recorda— que quan els nanos surten d'escola hi ha una estona en què tenen una gana de lleó: «Aquesta gana no és de berenar, aquesta gana és de sopar». Cal aprofitar, doncs, aquesta finestra. Si cap a quarts de sis donem un entrepà o un menjar dolç (com un croissant), estem malbaratant aquesta gana ferotge. La doctora Simon proposa el contrari: fer l'àpat principal del vespre a quarts de set. I els avantatges de fer-ho així són uns quants. Per exemple, aquesta fam tan desbocada fa que els menuts mengin amb més ganes, i mai més ben dit. Això vol dir que, aquella verdura o aquell peix que cap a quarts de nou costen tant, és possible que a quarts de set siguin ingerits amb més facilitat.

Però seguim amb aquest canvi de ritme: després de sopar va molt bé una dutxa calenta. Això els tempera, els relaxa i a més provoca un canvi de xip mental. Els adults sabem perfectament què vol dir aquest petit plaer de passar de la roba bruta del dia al pijama net. No és només una qüestió d'higiene: psicològicament ens estem recollint i estem deixant els problemes del dia al cossi de la rentadora. Com menys estona els portem, literalment, posats a sobre (en forma de camisa, samarreta o xandall), millor.

Amb aquesta proposta de la doctora Simon ens podem plantar perfectament a les set del vespre amb els petits de casa sopats i dutxats. I, ara sí, podem fer aquelles activitats que —fins ara— eren les d'abans de sopar: deures, jocs no estressants, lectures o altres coses per l'estil. El sopar i la dutxa han saciat la gana i els han relaxat. El cos ja no està en tensió, i això té una repercussió mental directa. Heus ací un altre avantatge: és possible que tinguin més bona predisposició a posar-se a fer deures o a estudiar. I això necessàriament s'ha de traduir en un millor rendiment: les matemàtiques són millors si no estem cansats, afamats i neguitosos.

Ja deu fer uns quants paràgrafs que alguns pares i mares es pregunten què fan si el seu nano o nana té futbol, natació o esgrima a les set del vespre. Un moment, que acabo amb la proposta i anem a mirar les excepcions.

Ja els tenim dutxats, sopats i amb els deures fets. I són dos quarts de nou. És hora, ara sí, d'anar a dormir. És possible que se'ls torni a obrir una mica la gana, especialment als que estan en ple creixement. Aquí sí que té sentit un got de llet calenta o algun aliment similar. Si us hi fixeu, aquest seria l'antic berenar, que ara situem en aquesta franja com a àpat final. Això sí, cal evitar de totes totes el sucre, no només com a concepte general sinó precisament en aquest moment: no és qüestió de reactivar les energies sinó més aviat el contrari.

I és en aquest punt que anar al llit (i escoltar el conte) és ja una conseqüència natural de tota la resta. Amb el sopar digerit, nets, relaxats i amb els deures fets (!!!), el cos està molt més predisposat a dormir, descansar i, més important, que aquesta son i aquest descans siguin del tot reparadors. Si seguim quest mètode és molt probable que l'endemà costi menys llevar-los perquè estaran descansats. Si als nostres fills i filles els costa aixecar-se del llit al matí i els n'hem d'acabar arrencant perquè tenen son vol dir que alguna cosa no estem fent bé. Si, per contra, es lleven sols sense problemes això significa que estan descansats i amb les piles carregades.

Encara que no ho sembli, el conte fantàstic i meravellós no és aquest que acabeu de llegir. Això de sopar a quarts de set pot sonar a faula idíl·lica, però està comprovat que funciona; hi ha nombrosos estudis (sobretot en països nòrdics) que així ho demostren. Tampoc cal anar tan lluny: el moviment per la reforma horària que fa anys que lidera el Fabián Mohedano ho té com a pilar central d'aquesta petita revolució. De fet, també semblava una utopia dinar abans de les dues i cada cop s'està imposant més. I el truc és no veure-ho com un impossible, perquè amb voluntat és força factible: no es tracta d'afegir coses noves a les ocupades tardes, sinó de canviar-ne l'ordre perquè siguin més profitoses i menys estressants.

Però també és veritat (ara venen les excepcions) que vivim en una societat mediterrània, amb uns costums molt establerts i on el funcionament general de la societat encara no acompanya per fer aquest canvi. Tot això és així, però de mica en mica també ens hi podem anar adaptant. De fet, així en general, tampoc cal estressar-se per implementar ja aquest canvi. L'objectiu últim d'aquesta nova manera de fer és, precisament, afrontar la vida (i en especial les tardes-vespresnits) d'una manera més tranquil·la. Si ens obsessionem a aplicar-ho ja, com si fos una emergència, és possible que sigui contraproduent. Dit d'una altra manera: és tan important que no ha de ser urgent. De mica en mica.

En aquest punt és important explicar el que diu la psicòloga infantil Pat Boyd sobre l'hora d'anar a dormir. (La Pat també ha tractat milers de nens i nenes al llarg de la seva carrera. Té consultes a la Clínica Arvila Magna de Barcelona, al Centre Itaka de Calella i al Centre Didoni de Sant Feliu de Llobregat.) Fins ara hem parlat de com preparar el cos abans d'anar a dormir; tot seguit parlarem de com preparar la ment i l'ànima. Ara que estem a punt de llegir un conte, penseu en quants estan inspirats en animals: moltíssims! En algunes ocasions l'animal és «el dolent», com el llop a *La Caputxeta Vermella*, i en d'altres és el bo, com els protagonistes d'*Els tres porquets* o a *La rateta que escombrava l'escaleta*. En tots aquests contes, els animals tenen una cosa en comú: el cau. El cau és aquell espai de seguretat i confort on les bestioles se senten protegides i relaxades. Però és, sobretot, el lloc on gràcies a aquesta seguretat i confort poden descansar per carregar piles. Bé, doncs, els humans no deixem de ser animalons que també necessitem el nostre cau. I per això, per tot plegat, hem de convertir el moment d'anar a dormir, diu Boyd, en un moment agradable perquè, precisament, el cau faci de cau i sigui la zona de seguretat i confort que ens permet descansar fins a tal punt que dormim de manera reparadora.

I aquí el paper dels pares i les mares és indispensable per la nostra condició de mirall. Boyd sosté que «el 80% del que fan els pares i les mares abans d'anar a dormir es transfereix als nanos». Ras i curt: si estem nerviosos i traslladem aquest nerviosisme als fills i les filles, costarà molt més que s'adormin ràpid, bé i de manera profunda. Per tant, el fet d'anar a dormir no pot ser una mena de tràmit o d'obligació, sinó que està bé que també hi dediquem una estona. Els experts, com la Pat Boyd o la doctora Simon, recomanen fer alguna cosa agradable i tranquil·la coincidint amb aquesta hora d'anar a dormir. Cal proporcionar als nanos una vivència en positiu: pot ser un conte, un repàs del dia (si ha estat un bon dia), o fins i tot observar algun dibuix agradable que tinguem penjat a la paret de l'habitació.

És aquí on entrem en els petits trucs —la Pat Boyd en diu «ancoratges»— que serveixen als menuts (i als no tan menuts) per tenir un punt de referència positiu. Benvinguts els ossets o ninos preferits, perquè generen confiança. Benvingudes les carícies, i sí, i tant, si ho necessiten, que s'adormin amb nosaltres, els pares. Tot està pensat per generar aquesta sensació de seguretat i confortabilitat. Hi ha pares que també posen unes gotetes de lavanda al coixí. Això té una explicació, diu la Pat Boyd: «L'olfacte és l'únic sentit que no passa per l'hipotàlem», és a dir, que el cos no racionalitza. Això fa que les olors (les bones i les dolentes) generin directament una sensació de grat o de desgrat. Relacionar la lavanda amb una sensació de son dolça pot ser un d'aquests ancoratges.

Tot plegat sona, mai més ben dit, com un conte de fades, oi? Encara més, admeto que tot el que heu llegit fins ara està idealitzat (per poder ser didàctic), però que la realitat és més tossuda i imperfecta. No hi ha res més frustrant en el món de la criança que pensar que els altres ho fan tot bé i que tu ets l'únic que tens un fill que no menja de tot, una filla que no s'adorm immediatament i que en canvi la resta de nanos fan cas a la primera. No, això no és així. Ningú ho fa tot, sempre, ara i aquí perfecte. És impossible perquè estem tractant amb persones, no amb robots.

Per tant, quan llegeixis això pensa que he fet un exercici de resum que pot sonar modèlic, però ja t'admeto des d'ara que no cada vespre surt rodó. És igual: si algun dia es torcen les coses, l'endemà sortiran millor. Més ben dit: quan es torcin les coses (perquè es torçaran), paciència, traieu-hi transcendència i demà serà un altre dia. I sobretot: a les altres famílies també els ha passat, inclosos els que escrivim llibres sobre famílies.

Per això, la Pat Boyd (que també és pedagoga) ens diu que la prioritat absoluta en aquestes últimes hores del dia és aconseguir la tranquil·litat; tant, que si per garantir aquesta pau cal fer excepcions a tot el que heu llegit fins ara estarà justificat: «Es tracta de no anar a la guerra», diu. És exactament això: si una dutxa —per un dia— ha de ser motiu d'esbroncada després d'una jornada ja de per si estressant, la dutxa es pot esperar fins l'endemà al matí i no passa res. Els horaris i les normes que establim estan pensats per generar uns hàbits, però no cal seguir-los de manera militar perquè, paradoxalment, això pot generar un estrès afegit, que és precisament allò de què hem de fugir.

I dins d'aquest capítol hi ha altres excepcions, com per exemple les activitats extraescolars. Com pot ser que es reivindiqui sopar a dos quarts de set si precisament a aquesta hora s'estan entrenant? (en alguns casos ni han començat). La doctora Simon també té resposta per a això: potser resulta interessant que sopin abans. Si passen per casa hi ha temps suficient entre escola i extraescolar per aprofitar aquest forat per sopar. I si resulta que empalmen escola amb pavelló, aleshores el que és aconsellable és que s'emportin un túper amb menjar. De la mateixa manera que s'emporten un tros de pa amb xocolata, es tracta de substituir el berenar pel sopar. Res d'entrepà. Pot ser un bol amb llegums, verduretes i poca cosa més. Recordeu que tenen molta gana, i és possible que s'ho mengin d'una revolada. Després que facin l'esport de torn, que es dutxin i també arribarem al vespre sopats, entrenats i dutxats d'una manera més o menys natural. I, en cas de tenir germans, arribaran al llit en les mateixes condicions. El que cal evitar, doncs, és berenar, fer esport, dutxar-se i sopar. D'aquesta sèrie, el sopar és el que ha d'anar abans de tot.

I l'altre tema estrella són les pantalles. En el plantejament inicial, les pantalles han de ser ben lluny. Per diversos motius: perquè depenent del que hi aparegui poden activar la ment, perquè depenent del contingut poden generar aquelles pors i angoixes que cal evitar (una sèrie de terror, per exemple), però sobretot perquè la llum que emeten les tauletes i els mòbils són de l'espectre blavós, és a dir, el que transmeten al cervell és que és de dia. I no, hem d'anar en sentit contrari. Si el nostre fill o filla ens demana deixar encès algun llum, la doctora Simon proposa que estiguin a l'altra banda d'aquest espectre blavós; per tant, aniríem als taronges, als colors terra, als tons càlids però pàl·lids. A les botigues ja venen uns llums que tenen exactament aquest to. És d'un color que recorda el sol quan es pon, i que per tant evoca l'hora d'anar a dormir: si «traïm» la ment amb el color contrari no estarem posant les condicions per quedar-nos adormits. No cal que us digui que tot això també serveix per als grans, és clar.

Si us hi fixeu, no estem descobrint res de nou, perquè fa milers d'anys que la humanitat s'adorm i es desperta seguint el que fa el sol, tot i que des que es va inventar la llum elèctrica i la possibilitat d'il·luminar la nit hem anat perdent aquest contacte amb els bioritmes naturals. I això ho inclou tot; per tant, també hem de buscar una temperatura adequada per dormir. Sense obsessionar-nos amb el termòstat de la calefacció, sí que hem de procurar que a l'habitatge no hi hagi un excés ni de calor ni de fred. El cos regula la seva pròpia temperatura, i l'ideal és que en tapar-nos amb una manta, una flassada o un edredó ja n'hi hagi prou perquè aquesta temperatura sigui de confort.

I ja per acabar, la gran pregunta: quantes hores necessiten dormir els nostres fills i filles? Les estadístiques diran que els nadons, més de dotze hores; els infants de primària, nou, i a partir d'aquí, vuit, fins a arribar a l'adolescència, que en tornen a necessitar més. Bé, això són indicacions que, efectivament, coincideixen amb la realitat. Però hi ha un mètode infal·lible per saber realment quantes hores de son necessiten: deixar-los dormir. La doctora Simon proposa que per saber exactament les necessitats de cadascú (no hi ha dos infants iguals) durant el dia fem l'activitat normal però l'endemà —en lloc de posar despertadors— deixem que el nano dormi fins que el mateix cos es declari descansat i la ment estigui desperta. Si ens anotem l'hora a què han anat a dormir les criatures i ens fixem en l'hora a què s'han despertat, aquell període de temps és el que realment necessiten per descansar de manera reparadora. Si són nou hores i mitja, hem de ser conscients que, si per anar a l'escola hem d'estar llevats a les set del matí, caldrà que aquesta personeta estigui dormint (no al llit, sinó dormint) a dos quarts de deu del vespre. I si anem tirant enrere, veurem que cal avançar-ho tot. Si posem el despertador a les set del matí i al nen o la nena li costa horrors llevar-se o el seu cos diu que dormiria més, senyal que ha dormit poc i que no ha fet un procés complet de descans. Solució: anar a dormir més d'hora.

I vet aquí un gos, vet aquí un gat, aquest conte, ara sí, ja ha començat.

EL CONTE «LES PARTS DEL COS»

Hi havia una vegada un cos. El teu cos. El conte «Les parts del cos», com el va titular la Martina, comença —en realitat— amb un silenci. El silenci de la respiració.

Ens estirem al llit. Ben estirats. Notem com el cos s'escampa per tot el llit. Fem una respiració profunda i agafem una bona postura; la nostra postura, aquella postura tan personal nostra que ens fa dir: aaaara estic còmode...

Un cop estirats, amb el cap al coixí, fem una altra respiració. Agafem aire amb força i el deixem anar. I quan el deixem anar, hem de notar que deixem el pes del cos al matalàs. Aquest és un dels trucs: el cos comença a descansar quan ni tan sols ha d'aguantar el seu propi pes.

I aleshores sí, comença la història. No és una història qualsevol: és la nostra història, la d'avui. El conte serà el millor final del dia. Si ha estat un dia complicat, servirà per evadir-nos. Si ha estat un dia feliç, serà un bon record. I si és un dia normal i corrent, aquest conte formarà part d'una rutina per crear uns hàbits. El que és evident és que aquest conte només és nostre: no n'hi haurà dos d'iguals. Encara més: demà el conte serà diferent. El conte d'avui, el conte d'ara, és únic: perquè és el conte d'avui i perquè és teu. Gaudeix-lo, i abans que et quedis adormit, bona nit i descansa!

El conte, avui, podria ser aquest. El de demà es pot canviar segons el dia que visquem demà. Diu així:

«Hi havia una vegada un cos que necessitava descansar. El nostre cos. El teu cos. I és que avui hem fet moltes coses, moltes de les quals sense adonar-nos-en. I estem molt cansats. El cos necessita descansar. Anem a fer que descansi. Estem ben estirats, al nostre llit, i ja comencem a notar que el cos vol descansar. Deixem anar el pes al matalàs. Respirem... i quan deixem anar l'aire també deixem anar tot el pes del nostre cos al matalàs. Hem de notar com el matalàs es queda tot el pes del cos. Fa molts anys, algú es va inventar el matalàs precisament per a això, perquè a la nit es quedés tot el pes del cos. I així el cos pot descansar: ni tan sols ha d'aguantar el seu pes. El cos ha estat treballant tot el dia mentre el matalàs descansava. A la nit és a la inversa: el matalàs treballa perquè el cos pugui descansar».

ELS PEUS

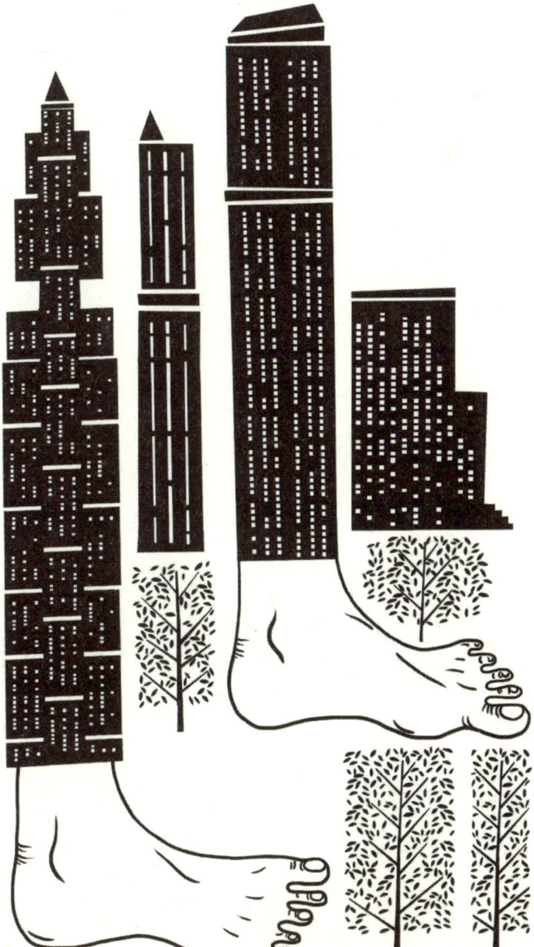

Els peus estan molt cansats. Avui han fet moltes coses. Han caminat, han corregut, han saltat, han ballat. També han jugat a futbol. I jugant a futbol, els peus han fet moltes accions diferents. Han aturat la pilota, han intentat driblar el contrari i quan han pogut han xutat amb tota la força possible.

Aquí, evidentment, podeu canviar el futbol per qualsevol activitat física que considereu adient.

Però els peus sobretot estan cansats perquè quan no feien res de tot això ens han estat aguantant dempeus. Quan estàvem fent cua esperant el dinar del menjador o quan érem a la parada de l'autobús, encara que estiguéssim quiets, els peus estaven treballant. Quan estàs pintant un quadre, estàs dempeus i els peus t'aguanten. Els peus ens estaven aguantant. Feien força: molta força. Quant peses? Trenta quilos? Quaranta? T'imagines agafar una caixa que pesi trenta quilos? Quanta estona creus que la podries aguantar? Doncs els peus aguanten això i més. Per això la planta dels peus és així. Perquè ens suporti. Però al cap del dia, els peus ens han aguantat molta estona. Ara necessiten descansar. I fixa't que la manera que tenen de descansar és, precisament, estar estirats. Si dormíssim drets, els peus no estarien descansant. Els peus són els primers que volen descansar així, estirats. Per això, ens podem fixar en com posem els peus damunt del matalàs i comprovar que comencen a descansar...

Però a més de tot això, els peus fan una feina que no veus. Els peus són els encarregats de connectar-nos amb la terra, i per tant amb la natura. Has provat mai de caminar descalç per la ges-

pa, la sorra o alguna altra superfície de la natura? És una sensació molt agradable. I això és perquè el cos recorda que en realitat fa milions i milions d'anys, quan no existien les sabates ni les sabatilles esportives, el cos encara estava més connectat amb la natura que ara. I s'hi connectava a través dels peus. Fixa't que hi ha una expressió que ho diu així mateix: tocar de peus a terra. Una persona que toca de peus a terra és una persona sensata, que pren decisions raonables i que no és imprudent. T'ho explicaré més fàcil: tu voldries fer set mesos de vacances, però has de tocar de peus a terra; només fem vacances a l'estiu, al Nadal i per Setmana Santa. En canvi, si sentim que algú diu que s'ha aixecat amb mal peu, millor que no ens hi acostem, perquè vol dir que està de mal humor. I és clar, si llevar-se amb mal peu és una cosa no gaire agradable, començar una cosa amb bon peu és just el contrari: vol dir que ha començat bé i que fa bona pinta.

De frases relacionades amb els peus n'hi ha moltes. Quan hem d'anar molt amb compte a l'hora de fer alguna cosa ens diuen que anem amb peus de plom. Us imagineu que ens posem plom als peus? Pesarien moltíssim i per tant no podríem ni córrer ni saltar. Per contra, tampoc ens entrebancaríem mai. Anar amb peus de plom és anar amb molta prudència. I si una persona diu que l'has enxampat amb el peu canviat vol dir que l'has agafat per sorpresa. Prova de caminar amb el peu canviat, ja veuràs que difícil. Sigui com sigui, aquest conte comença pels peus perquè són els primers que demà tocaran el terra i són els que necessiten estar molt descansats.

LES CAMES

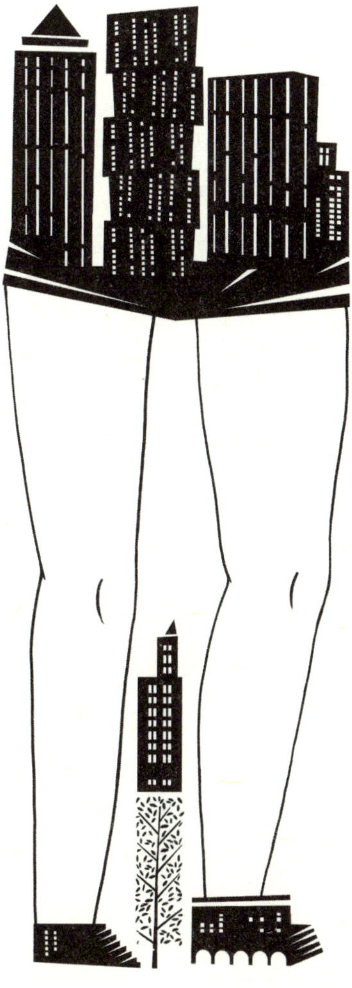

Les cames també estan molt cansades. Les cames són les amigues dels peus en això d'aguantar el pes del cos. Fixeu-vos-hi: les cames són com dues columnes que aguanten un edifici. Les cames ens aguanten perquè, mentre estem drets, puguem fer altres coses. Quan estem aturats, gràcies a les cames podem cuinar, dutxar-nos o tocar la guitarra. No hem de patir perquè les cames ens aguanten mentre la part de dalt del cos fa coses. Si les cames no estiguessin fortes, aniríem caient pels llocs. Per això, a vegades, quan les cames no ens responen diem que les cames ens fan figa. Us imagineu que en lloc d'unes cames tan ben posades tinguéssim una cosa tan tova com una figa? No ens podríem aguantar. Per això, perquè les cames estiguin fortes, cal que també descansin. I és que, a més de suportar-nos, les cames estan fetes d'una manera que ens ajuden molt cada dia a fer coses que ni ens n'adonem. Quan et cau el llapis a terra i t'ajups a recollir-lo, qui creus que ho ha fet possible? Els genolls, que estan al mig de les cames perquè es puguin doblegar. Si les cames fossin un sol os, no es podrien doblegar i hi hauria un munt de coses que serien impossibles de fer. Oi que a vegades heu de passar per sota d'una tanca? Gràcies a les cames, que es recullen, hi podeu passar. Oi que a vegades, al pati, ve una pilota i us ajupiu perquè no us toqui? Oi que a vegades, quan jugueu a fet i amagar, el millor amagatall és rere un arbust? Gràcies als genolls, gràcies a les cames, podem fer tot això. Però de tant plegar-se amunt i avall, les cames també es cansen. Per això les cames també necessiten descansar. I igual que els peus, la millor manera que les cames descansin és que estiguin en posició horitzontal. Si estiguessin en vertical, les cames ens estarien aguantant el pes del cos, i per tant tampoc descansarien. Les cames cal que estiguin estirades. Hem de deixar que el pes de les cames vagi al matalàs. Notem com el matalàs es queda el pes de les cames. Les cames ja descansen.

Les cames són les nostres amigues en molts moments de la vida, i fins i tot a vegades els diem que ens auxiliïn. Quan hem de fugir d'un lloc corrents, en marxem cames ajudeu-me. Aquesta expressió ve a dir que a vegades ens agradaria córrer més del que en som capaços, i demanem ajuda a les cames per córrer encara més. Cames ajudeu-me *s'ha quedat, però, com una expressió que implica ganes de ser fora d'un lloc on no hi volem ser: «Van començar a parlar de política i vaig marxar cames ajudeu-me». Ara bé, no cal anar a aquest extrem per parlar de la importància de les cames. Quan ens passem el dia asseguts sense fer res, i fins i tot un punt avorrits, aleshores potser convé sortir a estirar les cames. Aquesta frase sí que no té cap doble sentit: és molt important estirar les cames. Cal que es moguin i cal que facin força exercici. Però tan important com això també és crucial que a la nit descansin: estirades o una mica plegades, però que descansin.*

ELS MALUCS

Just per sobre de les cames, hi tenim els malucs. Els malucs sembla que no siguin importants. Però en realitat ho són molt. Si abans hem dit que gràcies als genolls ens podem ajupir, gràcies als malucs ens podem doblegar. I girar-nos. I fins i tot, quan estem ballant, moure una mica el cul d'aquella manera tan divertida. Els malucs són dos ossos, molt grans, que estan a la meitat del cos, a la cintura, i són els que fan encaixar la part de dalt del cos amb les cames. Quan a vegades t'enrotlles sobre tu mateix com si fossis una bola, és gràcies al fet que els malucs i les cames es poden plegar. Això fa que siguem molt flexibles. Però, és clar, els malucs, encara que no ho sembli, també es cansen. I per això també han de descansar. Els malucs també agraeixen estar estirats damunt del matalàs. Els malucs també han començat a descansar.

Els malucs tenen poques expressions que parlin d'ells perquè en el fons el maluc és el nom de l'os. De la mateixa manera que té més fama l'esquena que no pas la columna vertebral, als malucs els passa el mateix amb la cintura. La cintura sí que té més anomenada. De fet, hi ha una peça del vestuari que li agafa directament el nom: el cinturó. I és clar, quan una persona se sap adaptar a situacions diverses es diu d'ella que té cintura, per tant, que té capacitat de girar segons com van passant els esdeveniments.

LA PANXA

Ara ve la panxa. Diries que la panxa necessita descansar? I tant! La panxa és una de les parts del cos que treballa per dins, és a dir, que no veiem com treballa. Però treballa, i molt! De fet, des que ens llevem al matí i esmorzem que està en funcionament. I acaba la jornada laboral després de sopar. Coneixes algú que treballi des de l'esmorzar fins després de sopar? Jo sí: la panxa. Pensa que la panxa és l'encarregada de distribuir adequadament tot el menjar que ingerim. Quan esmorzem, la panxa rep l'encàrrec d'agafar els aliments i repartir-los per tot el cos. Durant les primeres hores de classe a l'escola, la panxa treballa per fer aquesta feina. Aquesta feina es diu digestió. Quan ja ha acabat de pair l'esmorzar, llavors sortim al pati i mengem alguna cosa, oi que sí? Doncs bé, quan tornem del pati, la panxa es torna a posar en marxa: ara per fer la digestió de l'entrepà, les torradetes, la fruita o el batut que hem menjat. Quan acaba d'això, la panxa té poc temps lliure. De seguida arribarà el dinar i aquí tindrà encara més feina, perquè és l'àpat en què —normalment— més mengem. Això vol dir que després de dinar estarem unes dues hores fent la digestió. La panxa necessita tanta energia per fer la digestió que és normal que la resta del cos li deixi forces per fer-la. Segurament, més d'una vegada els pares us deuen haver dit que després de dinar és millor descansar: res de fer exercici físic intens. I probablement a l'estiu algun avi o àvia et deu haver dit que no et banyis fins passada una estona. El cap de setmana és possible que algun membre de la teva família es quedi adormit al sofà, i tu mateix, a classe, pot ser que tinguis una mica de son. Tot això és perquè la panxa està fent la digestió. Imagina't la feinada que fa la panxa! Però passada aquesta estona, i coincidint amb l'hora de sortir d'escola, ens torna a venir la gana. Normal: el dinar ja és història i tornem a tenir necessitat de menjar. Ara toca berenar. I després sopar. Cinc àpats! Imagineu la feina que fa la panxa! Es passa el dia treballant! Deu estar cansadíssima! La panxa, quan arriba la nit, és una de les parts del cos que més vol descansar. Quan parlem de la panxa, en realitat estem parlant de tot un sistema, que els entesos van anomenar, precisament, sistema digestiu.

Aquest sistema digestiu és el que treballa tota aquesta estona que dura la digestió. Ell és l'encarregat de decidir què cal fer amb el menjar. Per exemple, hi ha aliments que van molt bé per créixer, per anar-nos fent grans. Quan arriben a la panxa, per exemple la llet, el sistema digestiu, a través dels intestins, l'envia als ossos perquè creixin. D'això, se n'encarrega l'intestí prim. Quan mengem carn o llegums, per exemple, la panxa els envia a cames i braços perquè ens anem fent més forts. La pasta o l'arròs són com la gasolina que posem al cotxe. I quan es tracta de peix blau, se'n va al cervell perquè sigui encara més llest a l'hora de pensar. Quan arriben la fruita i la verdura, les posa al servei de tot el cos perquè continuï funcionant com una màquina perfecta que quasi mai s'espatlla. Per això (feu-los cas) els pares i les mares us diuen que heu de menjar fruita i verdura cada dia i unes quantes vegades: no hi ha medicina millor.

Però la cosa no s'acaba aquí. Tot el que mengem té dues parts: una que el cos aprofita per fer aquestes funcions que acabo de dir (créixer, estar forts, estar sans) i una part que no. I és que el menjar també porta coses que no li són d'utilitat i que no necessita per a res. Aquestes restes de menjar, el sistema digestiu les va acumulant a l'altre intestí, el gros, i al cap d'unes hores les expulsa del cos. Aviam si saps per on. Per l'orella? No. Pel colze? Tampoc. Segur que tens ganes de dir-ho en veu alta. Va, sí: pel cul! Efectivament, aquestes restes de menjar que no serveixen per a res surten en forma de caca. Per això està bé que un, dos o tres cops al dia ens asseguem al vàter a fer caca, perquè el cos també queda molt descansat quan treu tot allò que no li és bo. Encara més, la natura és tan intel·ligent que fa molts i molts anys, segurament milions, va decidir que la caca fes pudor perquè tothom sabés que allò no era bo per a ningú, ni tan sols per a altres animals que mengen de tot.

D'aquesta part del cos també n'hi ha frases per parar un tren. Jo he estat molt fi dient que «el cos també queda molt descansat quan treu allò que no li és bo», però saps què deia el meu avi? «El mal de ventre, cagant es trempa». Ja pots riure, ja. I és que, és clar, l'encarregat de treure la brossa al carrer és el ventre, l'estómac, els budells... De fet, anar de ventre vol dir, directament, anar a fer caca. Hi ha qui diu que el nostre segon cervell és la panxa. I potser és veritat. Moltes vegades, quan ens posem nerviosos tenim mal de panxa. La relació entre la digestió i les emocions ve de molt lluny. Quan després d'un gran dinar no passem una bona tarda és perquè no estem tenint una bona digestió, és a dir, que no estem paint bé. Però és que quan ens donen una mala notícia o afrontem una situació que no ens agrada, diem —també— que ens costa de pair. O, directament, que no l'hem paït bé: «L'Andreu no m'ha felicitat pel meu aniversari i no ho he paït bé». O també passa que quan tenim un disgust se'ns en va la gana, i fins i tot sé d'algú que quan el Barça perd algun partit, aquella nit no sopa! En canvi, a mi em deien de petit que «a panxa plena no hi entren penes», és a dir, que si estàs ben tip serà més difícil que t'entristeixis per qualsevol cosa. A l'altre extrem, per contra, quan fa molt temps que no tenim cap alegria i ens n'arriba una diem que «hem tret el ventre de penes», per tant que per una vegada ha passat alguna cosa que ens ha fet estar contents. Potser de la suma de panxa *i de* content *en va néixer l'expressió* ser un panxacontenta, *que en realitat emprem per definir aquella persona que tot li està bé i que mai no es preocupa per res. Tots coneixem algú que mai para de menjar: ja poden ser les quatre de la tarda, després de dinar, o les deu de la nit, després de sopar, que veiem com se'n va a l'armari i agafa unes galetes i una mica de xocolata. Sempre menja, a tota hora. A aquesta persona se li diu que sempre té un budell buit. Recordeu que quan tenim la panxa plena ja no ens hi cap més menjar; és per això que, si algú té sempre un budell buit, sempre tindrà la capacitat de menjar alguna cosa.*

Fixeu-vos, doncs, com d'important és la panxa. I quanta feina té! Per tant, la panxa es mereix descansar. Necessita descansar. Així doncs, notem com el matalàs es queda també el pes de la panxa. Tant hi fa si estem estirats mirant el sostre o de bocaterrosa, l'important és que notem que la panxa descansa. Podem acompanyar-ho amb la respiració i imaginar-nos que, quan expulsem l'aire, unes mans invisibles ens acaronen la panxeta.

EL PIT

Més amunt de la panxa hi tenim el pit. Si et toques el pit notaràs que és una part molt dura. Si ets noia i t'han crescut una mica els pits, o si penses en una dona, que té pits, diràs que això no és veritat. En aquest cas són les mames, les parts del cos de les quals —segurament— va sortir el teu primer aliment, la llet de la mare. I, efectivament, no són el que se'n diria molt dures. Però el que hi ha a sota, igual que en els nois, sí. El pit és dur perquè és un gran escut per protegir el que hi ha dins. I és que el pit és molt especial perquè, evidentment, ha de descansar, però —encara més important— dins hi té dues parts del cos que no descansaran durant la nit. Bé, de fet, no han descansat mai. Des que vam néixer no han parat mai de funcionar. I encara sort! Saps quines són, aquestes dues parts del cos que mai paren? Efectivament, els pulmons i el cor. Encara més, el cor ja va començar a funcionar quan érem dins la panxa de la mare. El cor no pot parar mai. Però sí que pot anar més o menys ràpid. Quan corres, quan saltes, quan fas un esforç, el cor va molt ràpid perquè ha d'enviar sang a tot el cos. En canvi, quan —com ara— estem relaxats, si estem un moment en silenci, notarem que va a un ritme molt suau. Un ritme ideal per dormir. No pateixis, que mentre dorms el cor continuarà fent la seva feina, però a la seva manera també descansarà, perquè com que no et posaràs ni a córrer ni a saltar no li caldrà accelerar-se. Mentre no t'arriba la son, però, pots aturar-te un moment a pensar en la importància del cor. És, juntament amb el cervell, l'òrgan més important que tenim (després en parlarem, perquè el cervell tampoc dorm mai encara que t'ho sembli). Això sí, tradicionalment un dels dos s'associa als sentiments i l'altre als pensaments. Sabries dir quin és quin? Magnífic! El cervell al pensament i el cor als sentiments.

Fixa-t'hi: quan ens trobem amb una molt bona persona diem que té un bon cor. En canvi, una mala persona és una persona sense cor. Sí que en té, eh, i bé que li batega, però dir-li a una persona que no té cor és dir-li que no té sentiments. Quan diem una frase amb molta sinceritat la diem de tot cor. I quan algú ens demana que li contestem una pregunta sense enganyar-lo ens demana que parlem amb el cor a la mà. Quan patim un ensurt dels grossos podem dir perfectament que se'ns ha aturat el cor. Si una cosa ens fa patir estem sempre amb l'ai al cor. Si ens veiem capaços de fer una cosa diem que ens veiem amb cor de fer-la, i si fem veure que una cosa no ens fa por però en realitat estem una mica espantats diem que fem el cor fort. Per contra, quan una cosa ens fa molta molta molta molta pena, se'ns trenca el cor. Ara bé, quan estem enamorats el cor no para quiet. De fet, està demostrat que quan estem enamorats i tenim a prop la persona que ens agrada el cor batega una mica més ràpid. Per això, ja t'ho trobaràs, hi ha moltíssimes frases que ens recorden el vincle entre el cor i l'amor. Una de les més utilitzades és aque-

lla que diu que algú ens ha robat el cor, que vol dir que ens estimem tant aquella persona que sembla que ens hagi pres el cor. Per sort, això no és així, perquè, per començar, el teu cor és només teu, i és més resistent que tot això, perquè ni se't trenca, ni se t'atura, ni ningú te'l pot prendre, i per més que vulguis no el pots agafar amb la mà. El cor aguanta moltíssimes coses al llarg de la vida, moltes més de les que ens imaginem. T'ho dic amb el cor a la mà.

A banda i banda del cor, hi tenim aquelles altres parts del cos que no descansen mai. Són els pulmons. Els pulmons, com bé saps, són els que fan que respirem. Quan agafem aire pel nas, ens entra per un tub que el fa arribar als pulmons, però no ens el quedem. Has provat d'aguantar-te l'aire dins? Al final, el cos te'l fa expulsar perquè en necessita de nou. Sempre necessita aire nou. La raó és que de tot l'aire que hi ha pel carrer, pel bosc, a casa o on siguem, el cos en necessita bàsicament l'oxigen, i en canvi ha de fer fora un altre gas que es diu diòxid de carboni. Els pulmons són els encarregats de fer aquesta separació: em quedo l'oxigen i expulso el diòxid de carboni. Com que això s'ha de fer sempre, els pulmons no poden parar mai. Igual que la nevera de casa. Oi que mai para, sigui de nit o sigui de dia? Doncs el mateix. Això sí, igual que el cor, a la nit els pulmons també treballen menys. No paren mai, però l'esforç el fan durant el dia. Què passa quan acabes de córrer? Així és: respires més fort i més ràpid. El cos t'està demanant oxigen perquè n'has gastat molt per fer aquest esforç. A la nit, en canvi, no farem cap esforç i els pulmons tindran unes hores de placidesa. Els pulmons no paren, com les cames o els peus, però també necessiten estar relaxats. De fet, en aquest conte t'he proposat respirar unes quantes vegades. I és que cada cop més s'està comprovant que la respiració és una eina molt important que va més enllà de fer entrar i sortir aire dels pulmons. Gràcies a la respiració, per exemple, ens podem calmar si estem molt nerviosos. Si mai t'hi trobes, atura't, tanca els ulls i respira. Una graaaaan respiració. Agafa molt aire i treu-lo. De manera suau, no accelerada. Agafa aire... i deixa'l anar... Fins i tot pots notar com se t'infla la panxa, perquè l'aire es fica allà on troba espai. Agafa aire, infla la panxa i desinfla-la... Oi que et sents més relaxat?

Els pulmons tenen poques frases fetes, però l'aire i la respiració en tenen algunes més. Per exemple, quan estem una mica encaparrats o avorrits és millor que ens toqui l'aire. I quan decidim marxar d'un lloc que fa molt temps que hi som molt sovint direm que és perquè ens cal un canvi d'aires. I si una situació ens té molt preocupats és millor que agafem aire per fer-hi front. I pel que fa a la respiració, si volem saber quines intencions té una persona, a vegades ens preguntarem com respira. Per tant, aquesta nit deixem els pulmons tranquils i que facin el que millor saben fer: respirar.

L'ESQUENA

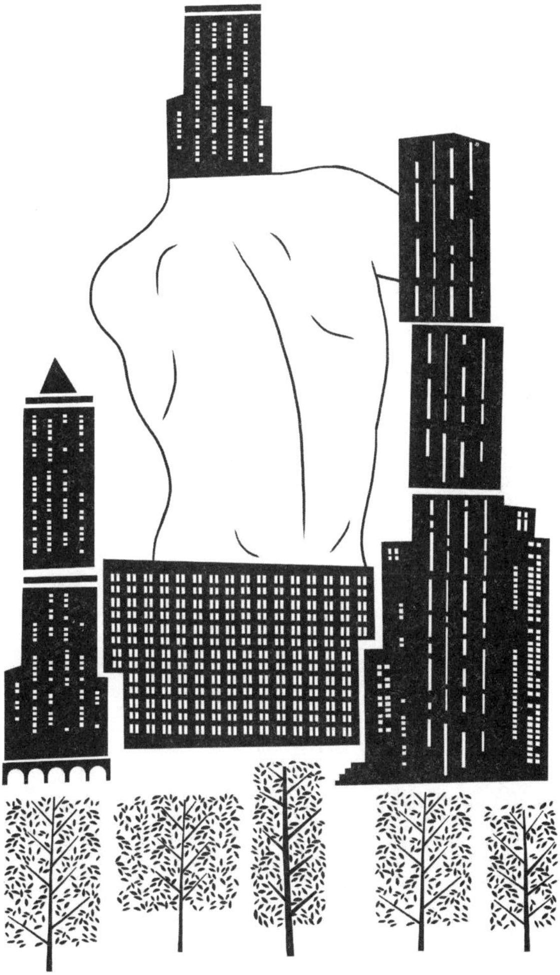

A l'altra banda del cos, al cantó contrari del pit, hi tenim l'esquena. L'esquena també ha de descansar. Necessita descansar molt. Com que no ens la veiem, a vegades no li donem importància, a l'esquena. Com que quasi mai es queixa, no valorem tot el que fa per nosaltres. Però treballa, i molt. L'esquena és molt soferta, cosa que vol dir que és molt resistent i que aguanta amb molta paciència. Però això no vol dir que no necessiti descansar. Pensa que si has anat a l'escola i has portat cartera, segurament l'has dut carregada a l'esquena: una corretja a cada espatlla i el pes a l'esquena. Si has fet una excursió i has anat amb motxilla, l'hauràs portat carregada a l'esquena. O bé, si has fet extraescolars (com natació), segurament hauràs portat allò que necessites en una bossa que anava penjada de l'esquena. Però, més important que això, l'esquena és la responsable que ens mantinguem drets. Si no tinguéssim esquena no viuríem la vida de manera vertical. Hi ha molt pocs animals que sàpiguen aguantar tot el cos alçat. Si l'esquena no fes la seva feina, ens mouríem com la majoria d'animals que coneixem: de quatre potes. T'imagines anar tot el dia caminant amb els peus i les mans? No, oi? Caminem amb els peus (i les cames) i fem coses amb les mans perquè l'esquena s'encarrega d'aguantar-nos d'aquesta manera. Potser això explica que els humans siguem una espècie tan intel·ligent: com que no ens calen les mans per caminar, les podem fer servir per fer altres coses com cuinar, escriure o fabricar objectes. Però per fer això, l'esquena ha de fer un esforç bastant gran. La prova és que quan t'asseus al sofà o a la cadira, de manera natural repenges l'esquena al respatller. Li estem donant un descans, però el descans realment important és el que li donem a la nit. Per què? Perquè estem estirats. És quan estem estirats que l'esquena descansa. I molt, a més a més. Fixa-t'hi: posa l'esquena al matalàs. I nota com el matalàs es queda el seu pes. No notes una gran sensació de descans? És de les més grans que es poden tenir. Quan el cos deixa d'estar dempeus i es relaxa damunt d'una superfície horitzontal, el cos nota que es deixa anar: ni tan sols ha de fer la força per mantenir-se alçat. Tot el cos es pot relaxar, tot el cos comença a descansar, tot el cos es pot adormir. De fet, només així es pot adormir. És impossible dormir dempeus, o fins i tot asseguts. Asseguts com a molt podem fer una petita becaina, però per dormir unes quantes hores cal que estiguem estirats. I l'esquena n'és una de les parts més importants. Per tant, sens cap mena de dubte, l'esquena ha de descansar. I molt.

I és que a l'esquena, a més de posar-hi pes físic, com la cartera o la motxilla, també és on hi posem el pes de moltes coses que no veiem. No sé si mai has sentit l'expressió *això m'ho poso a l'esquena*. El significat d'aquesta frase feta té a veure amb els problemes o situacions complicades que a vegades ens porta la vida. Posar-se un problema a l'esquena vol dir que hi convius i tires endavant. No el resols, però tampoc l'evites. Per exemple: potser un dia vols jugar a futbol a l'hora del pati però aquell dia no us toca tenir la pista a la vostra classe. Doncs res, ens ho tirem a l'esquena (ves què hi farem) i juguem a una altra cosa, per exemple a fet i amagar. Sempre hi ha el típic nen o nena que per molestar-nos ens diu alguna cosa del nostre aspecte físic, com per exemple que estem grassos, que estem prims, que som molt alts o que som molt baixet. És igual! Tothom és diferent! Per tant, el que em diguin m'ho poso a l'esquena, és a dir, no m'importa gens! A mesura que ens anem fent grans, però, els problemes que van apareixent són una mica més complicats que no poder jugar a futbol al pati, i resulta imprescindible tenir la capacitat de tirar-nos-els a l'esquena, perquè si no estaríem tot el dia capficats i no avançaríem. Tirar-se les coses a l'esquena també va molt bé quan ens diuen coses desagradables però no volem que ens afectin. Per exemple, el Francesc m'ha dit que soc dolent jugant a bàsquet. M'és igual, m'ho tiro a l'esquena.

Per la seva posició al cos, just al darrere, i per tant a la inversa de la resta de parts, l'esquena té moltes expressions relacionades amb fer les coses al revés. Per exemple, si estem parlant amb una persona i de sobte ens girem, li estem donant l'esquena. Donar l'esquena, normalment, és un gest de mala educació. Fixa't que quan hi ha tres persones parlant normalment s'intenta que totes tres es puguin veure la cara. També per això, quan algú deixa de donar-nos suport en alguna cosa diem que ens ha donat l'esquena. O també hauràs sentit que aquell o l'altre viu d'esquena a la realitat, és a dir, que no sap què passa al seu voltant. En canvi, a aquella persona que té la capacitat de suportar moltes coses també se li diu que, tranquil, que té l'esquena ampla. Vol dir que té molta capacitat d'aguantar els contratemps que pateix. Sigui com sigui, l'esquena és una part molt important per tot el que aguanta, ho puguis veure o no.

ELS BRAÇOS, LES MANS I ELS DITS

Anem pujant, el cos es va relaxant, n'anem repassant les parts i arribem als braços. Els braços necessiten descansar. Igual que les cames, la manera com tenen els braços de descansar és reposar directament damunt del llit. Deixa'ls anar, com si el matalàs també en volgués absorbir tot el pes. Deixa que reposin. Pensa que han treballat molt. Els braços es mouen més del que et penses. Només pel simple fet que al final dels braços hi ha les mans, els braços són una part del cos molt important i, com bé saps, es mouen molt. I a més, al final de les mans hi ha els dits, que també ens ajuden a fer moltes coses. Aquest conjunt, braços, mans i dits, forma una maquinària sense la qual no podríem fer la majoria de coses. Si et pares a pensar, ara mateix és possible que estiguis aguantant aquest llibre amb les mans. Perquè això passi, els braços estan una mica flexionats. I per acabar-ho d'adobar, per passar de pàgina fas servir els dits. Possiblement és l'última feina que faran avui. O potser no. Qui apagarà el llum? Segurament els dits, prement l'interruptor o estirant el fil de la làmpada. I això ja és a les acaballes del dia. Abans han fet moltíssimes coses: en una acció coordinada, braç, mà i dits han agafat el telèfon de la dutxa perquè ens puguem rentar totes les parts del cos. Han agafat els coberts perquè mengéssim, els dits han agafat el bolígraf amb molta precisió perquè la nostra lletra s'entengués quan escrivíem. Quan saludem des de lluny o diem adeu també fem servir els braços, les mans i els dits. Els dits, a més, ens ajuden a comunicar-nos. Sí, tenen una mena d'idioma propi. Si aixeques el dit polze cap amunt vol dir que tot està bé. En canvi, si va cap avall vol dir que alguna cosa ha fet figa. Si a classe aixeques el dit índex és que estàs demanant la paraula. Si aixeques l'índex i el dit del cor en forma de V voldrà dir que has guanyat alguna cosa, perquè és el senyal de la victòria. I no continuo, perquè ja sé que saps que amb els dits es poden fer gestos molt lletjos que a la teva colla d'amics us fan riure molt però que si els feu davant dels pares segur que us renyem. Les mans també aplaudeixen quan piquen l'una contra l'altra, i, no t'ho negaré, m'han estat molt útils per escriure aquest llibre. Segurament aquesta tarda has fet deures i sense les mans t'hauria estat una mica complicat fer-los, oi? I em deixo moltes, moltíssimes situacions en què intervenen els braços, les mans i els dits. Si fas natació sabràs que convé tenir els braços a punt. Si jugues a tennis també. I quan fas una partideta d'escacs, millor agafar la torre amb els dits que amb la boca, oi? Per tot plegat, queda demostrat que els braços, les mans i els dits es mereixen descansar tant o més que la resta de parts. I, hi insisteixo, la millor manera que dormin —i per tant que descansin— és que s'estirin sobre el llit i reposin tot el seu pes sobre el matalàs. Hi ha qui per agafar el son posa les mans sota el coixí. De fet (allò que dèiem del llenguatge), si fas el gest d'inclinar el cap i posar les mans sobre una de les galtes estaràs dient a tothom que... a dormir!

Quan algú et fa una abraçada, o per contra ets tu el que abraces, sàpigues que la paraula abraçar *ve, precisament, de l'acció de fer servir els braços per envoltar algú altre. Potser per això, també, quan rebem algú amb moltes ganes diem que el rebem amb els braços oberts, que és just el que fem (obrir els braços) abans d'abraçar algú per donar-li una bona benvinguda. Els braços tenen fama de ser uns grans treballadors. I de fet ho són. No sé si mai has sentit algun adult dient que per fer una mudança necessitarà com més braços millor. Això vol dir que només vol braços? No, en realitat necessita persones, però just per a aquesta feina el que li cal és gent que tragini objectes amunt i avall. Les mans també tenen moltes expressions que ens recorden la seva inigualable importància. De fet, quan som bons en alguna disciplina diem que tenim bones mans. «En Joan té bona mà amb la pintura. En Pere té bona mà a la cuina. En Joan pinta molt bé i en Pere cuina molt bé». A més, si algú té traça amb les tasques de casa, com per exemple el bricolatge, en diem que és un manetes. «La Cèlia és una manetes: m'ha fet una taula amb quatre trossos de fusta». L'ús de les mans en la nostra manera de parlar és molt abundant. Marxar d'algun lloc amb les mans buides vol dir que no has agafat res. Tenir les mans netes vol dir que som persones honestes, just el contrari que tenir les mans brutes, que vol dir que algú ha fet alguna cosa mal feta. I al mig, trobarem aquell llest que es renta les mans, és a dir, que es desentén d'algun problema al qual no vol fer front. La persona que roba o pega sol tenir la mà molt llarga, com si se li escapés una mica del braç. I per dir que hem arribat a un acord diem que hi ha hagut una encaixada de mans. En canvi, quan algú es queixa que no pot assumir tota la feina que té per davant se sol lamentar dient que no té quatre mans. Quan deixem alguna cosa o alguna persona a càrrec d'algú que ens genera molta confiança diem que està en bones mans, i si volem dir que una cosa ens escandalitza direm que ens posem les mans al cap, que és la manera gràfica de representar la sorpresa o la desesperació.*

Pel que fa als dits, les expressions més habituals ens recorden dues coses: que són molt hàbils, però també que són l'extrem més extrem del nostre cos. Per això, quan no arribem a agafar algun objecte, tant en sentit literal com metafòric, diem que el tenim a la punta dels dits.

Quan ens hem posat en algun lloc que no tocava i no ens ha sortit bé direm que ens hem picat els dits. Això ve de la imatge de tancar una porta (o una finestra) i just quan es tanca ens enxampem els dits: vol dir que hem trigat massa a treure'ls i ens hem fet un mal de mil parells de dimonis. Els dits també han servit per ajudar-nos a comptar. Com que tenim cinc dits a cada mà, deu en total, si volem dir que alguna cosa ha passat poques vegades direm que es pot comptar amb els dits d'una mà: sempre torno de l'escola caminant; les vegades que he anat amb bus es poden comptar amb els dits d'una mà. Tant la mà com els dits també es feien servir com a unitat de mesura, per mesurar coses. Una mà oberta és un pam. I segur que has sentit dir que has crescut un pam des de l'última vegada que et vaig veure. O l'avi, que no vol beure alcohol, però al final li diu a la mare: «Vinga, va, posa'm un dit de vi». Està bé que ho faci amb prudència, perquè l'avi sempre ha tingut... dos dits de front.

EL COLL

Ens anem acostant al final del cos i per tant del nostre conte, del nostre viatge cap a la son i cap a la nit que ens carregarà la bateria, igual que el mòbil o la tauleta, que ara mateix deuen estar connectats a l'electricitat. Abans d'arribar al cap, però, hem de passar pel coll. És una altra part del cos a la qual sovint no li donem importància i que en té molta. I també, com la resta dels seus companys, es cansa i necessita descansar. Al coll també li passa com al pit. És important el que passa fora i és important el que té a dins. Per fora, no et descobreixo cap secret, ja saps que el coll és la part que connecta el cap amb la resta del cos. Però si recordes què has fet durant tot el dia comprovaràs que bona part del temps el cap ha estat dret. No som un nino de peluix a qui el cap li cau cap endavant. El cap està alçat, i això és gràcies al coll, que el suporta tota l'estona. Es calcula que el cap d'un nen o d'una nena de deu anys pot pesar quatre o cinc quilos. Saps què vol dir, això? Un tetrabric de llet d'un litre pesa un quilo. T'imagines quanta estona duraries aguantant alçats quatre o cinc tetrabrics de llet? Amb prou feines els podries aixecar tots de cop. Doncs imagina't suportar-los en posició vertical durant tot el dia! Et pots imaginar la força que té el coll! Però precisament per això també ha de descansar. Perquè pensa que, a més de la força que té, el coll té una flexibilitat que ens permet moure el cap en les quatre direccions: amunt, avall, esquerra i dreta. Això és possible gràcies a una musculatura que, sense adonar-nos-en, també fa molta feina, i per això també es cansa, i a la nit necessita repòs. A la nit, el cos està estirat i el coll també. La manera com el coll pot descansar millor és, precisament, quan no ha de fer la força d'aguantar el cap. I això només s'aconsegueix quan estem estirats. Recordes haver vist algun adult (normalment l'avi o el pare) que després de dinar s'asseuen al sofà i es queden adormits? Què els passa al cap? Els cau cap endavant o cap enrere, oi? Això és perquè quan estem adormits la musculatura es relaxa i no fa la força que fa habitualment. Per això dormim estirats, perquè la musculatura també ha de descansar, necessita deixar d'estar en tensió. I en el cas del coll, si la musculatura es relaxa no aguanta el cap. Només pel simple fet que demà necessitem tenir el cap a lloc, ens cal descansar.

Però, com ja t'he dit abans, el coll té molta feina, tant per fora com per dins. Tu saps la mà de coses que passen per l'interior del coll? Per començar, pel coll hi passa l'aire que respirem. Amunt i avall. Quan agafem aire amb el nas arriba als pulmons (recordes?) a través del coll. I quan aquest aire l'expulsem per la boca també surt després de passar pel coll. I el mateix amb tot allò que va a la panxa. Tot el que mengem, tot el que bevem va a la panxa després de passar pel coll. De fet, què és el que fem amb el menjar? Ens l'empassem. *Empassar* ve directament del verb *passar*. I *passar* ve de *pas*. El pas del menjar del plat a la panxa es fa per la boca i pel coll. Segurament quan una cosa et costa d'empassar no et toques ni la boca ni la panxa. Et toques el coll, i probablement fas un gest com per acompanyar-lo perquè acabi d'empassar-se aquell tros de menjar que li ha costat una mica més fer passar cap avall. Doncs imagina't si fa feina, el coll, al llarg del dia! Quan menges, el coll ajuda el menjar a anar en direcció a la panxa. Sembla que no ens n'adonem, però és una feina molt important. Possiblement per això, un bon dia el coll va decidir que per fer-ho tot més fàcil hi havia de posar un líquid que ajudés a fer lliscar el menjar coll avall. Aquest líquid segur que saps quin és perquè t'acompanya des del naixement: la saliva. Doncs bé, la saliva també es fa al coll. I de fet mai deixa de fer-ne, però quan s'acosta l'hora de menjar és quan en fa més. Alguna vegada deus haver sentit dir a algú que un plat molt bo li fa venir salivera. És exactament això: el cos s'està preparant per empassar-lo i com que sap que ho acabarà fent, es posa a fer saliva per ajudar el coll a enviar-lo a la panxa.

Però les tasques del coll no s'acaben aquí. N'hi ha una d'indispensable que neix allà: parlar. Si parles és gràcies al coll. I és que dins del coll hi ha les anomenades cordes vocals. Quan aquestes cordes vocals es mouen, fan un so que és la nostra veu. De la mateixa manera que quan toques la corda d'una guitarra fa un so, quan s'activen les cordes vocals se n'emet un altre que és el que fa que puguem parlar. I, de retruc, que ens puguem entendre amb la resta de persones. Aquestes cordes vocals són al coll. Fixa't que una de les coses que ens passen quan ens fa mal el coll és que ens quedem afònics. Això és perquè les cordes vocals estan espatllades i no podem parlar. Per cert, saps què li va molt bé al coll per recuperar la veu quan ens hem quedat afònics? Efectivament, descansar i dormir. (Això sí que t'ho diu un expert...) Oi que no hi havies caigut, en la importància del coll i de totes les coses que arriba a fer? Per tot plegat, ja veus que és indispensable que el coll també tingui les seves hores de descans.

Per la seva forma i per la seva importància, hi ha unes quantes expressions que tenen el coll de protagonista. De fet, n'hi ha tres que venen directament d'allò que dèiem d'empassar: coll amunt, coll avall i a mig coll. Una situació molt difícil de resoldre és una situació que tenim coll amunt. Imagina't que un menjar no te'l pots empassar perquè el tens coll amunt; estaràs en un moment realment complicat, perquè necessites que el menjar no es quedi allà. Dir que una cosa se't fa coll amunt vol dir que se't fa molt difícil de fer. En canvi, si el menjar passa ja has fet la feina més complicada: has aconseguit que un tros de carn, o de peix, passi a ser un aliment per al teu cos, perquè quan passa coll avall ja se n'encarrega la panxa (recordes?). Per això, coll avall és tot el contrari de coll amunt. Tenir una cosa coll avall vol dir que ja la pots donar per feta, per descomptada. Igual que el menjar. Si està coll avall ja no hi ha marxa enrere. I si ni una cosa ni l'altra? Doncs aleshores vol dir que tot plegat està a mig coll. Per tot això, et poso tres exemples amb una mateixa situació. Imagina't que diumenge feu una sortida amb bicicleta. Mira com canvia el significat:

- *El pare diu: «Estic cansat, se'm fa molt coll amunt sortir amb bicicleta diumenge».*
- *El tiet respon: «Ui, doncs jo ja tenia a mig coll que hi anàvem».*
- *I la mare et tranquil·litza: «Tingues coll avall que diumenge sortim! Si ton pare no vol venir, que no vingui».*

El pare segurament no vindrà, el tiet encara no n'està segur i la mare ho dona per fet. I això que només han fet servir la paraula coll *per explicar-se. Però la cosa no acaba aquí. El coll és molt important. Tant, que hi ha unes quantes frases que ens ho recorden: si una persona posa el coll en una cosa vol dir que s'hi està implicant molt. I a més, si fas una cosa molt arriscada pots dir que t'hi jugues el coll. Ara no em vull posar dramàtic, però el coll és indispensable per viure. Sense coll no hi hauria connexió entre cap i cos. Per això, quan una persona està molt segura d'una frase que diu pot apostar tranquil·lament: «Em jugo el coll que he agafat les claus abans de marxar de casa». Si no n'estigués tan segura probablement diria que s'hi juga un dit. Per cert, parlant del coll, ara potser descobreixes per què d'aquell penjoll tan bonic en diem collaret...*

EL CAP

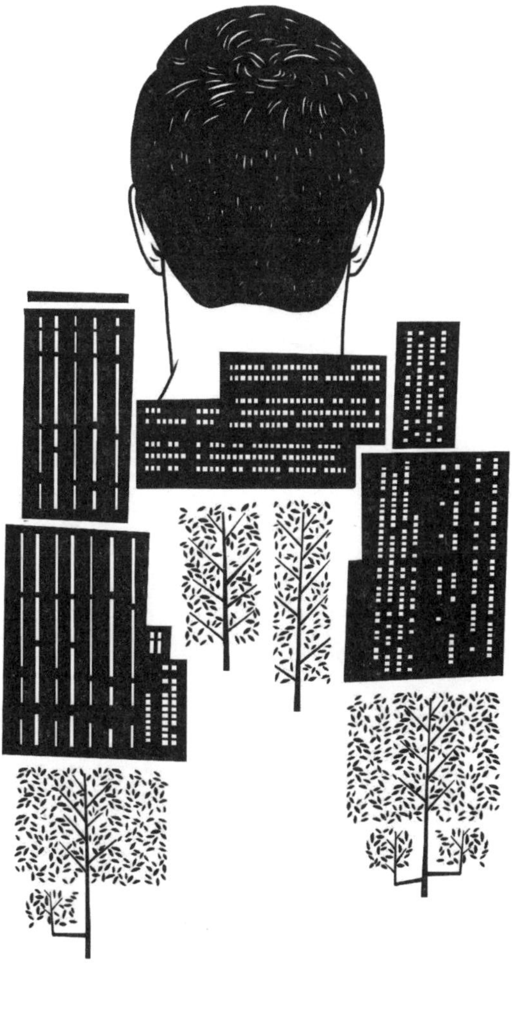

Ja tenim descansant els peus, les cames, els malucs, la panxa, el pit, els braços, les mans, l'esquena i el coll. Ara queda una de les parts més importants del cos: el cap. I és important, entre moltes altres coses, perquè dins hi ha el cervell. Fixa't que torna a passar el mateix que amb el cor i el pit. El cervell és una part molt delicada i imprescindible de les persones i està protegit per un os molt dur, en aquest cas el crani. El cervell, igual que el cor, no descansa en tota la nit. De fet, no descansa mai. Això sí, a diferència del cor —que batega igual de dia que de nit—, a la nit el cervell baixa molt la intensitat. El cervell necessita descansar, però com que és l'encarregat de dir-los als pulmons que respirin i al cor que bategui, mai acaba de descansar del tot. És com quan deixes l'ordinador en repòs, que sembla que estigui apagat, però en realitat no ho està del tot. Oi que m'entens?

A més, a la nit el cervell té una feina molt important. Mentre dorms, mentre no fas res, el cervell aprofita per repassar tot el dia i endreçar els pensaments. Durant tot el dia no has parat de pensar coses. Algunes les has pensat intencionadament, però d'altres són pensaments que has tingut sense adonar-te'n. Per exemple, quan t'aixeques de la cadira per anar a buscar un got d'aigua, el cervell ordena als malucs que s'aixequin, ordena a les cames que caminin, ordena als braços que omplin el got d'aigua i ordena a la boca que s'obri per deixar pas a l'aigua. I encara més, ordena als ulls que ho mirin tot perquè no es vessi l'aigua i al coll que se l'empassi. Però, és clar, quan has decidit aixecar-te per fer tot això ho has fet de manera automàtica, no t'has parat a pensar en cadascun dels moviments. I això que tot ha començat amb una ordre del cervell! En canvi, hi ha un altre tipus de pensaments dels quals sí que n'ets conscient. Per exemple: quan tens deures a fer però també has de dutxar-te. Què fas primer? No ho sé, jo. Però tu sí. Tu saps si vas molt suat i aleshores potser millor que et dutxis abans de fer els deures. O potser no, potser tens molta feina endarrerida i és millor que primer l'acabis i que et dutxis just abans de sopar. No ho decidiré jo per tu. Ho decidiràs tu. I ho decidiràs pensant-hi. Estaràs uns segons, o fins i tot uns minuts, decidint-ho. D'aquests pensaments sí que n'ets conscient, perquè t'has d'aturar un moment a rumiar-ho. D'aquests pensaments també en tens un munt al cap del dia: deures o dutxa, dutxa o deures, em poso una jaqueta més prima o una de més gruixuda, avui vaig caminant o en bicicleta, per esmorzar vull un entrepà de pernil o de formatge, i així centenars de petites decisions que al cap del dia acaben fent que el cervell estigui molt cansat. I això un dia normal. Hi ha dies, una mica especials, en què has de prendre decisions molt importants. A vegades, són tan importants que amb un dia no en tens prou i decideixes donar-hi dues voltes més. Per exemple, segur que has muntat festes d'aniversari però t'han dit que no pots convidar els vint i tants companys de la classe, només en pots portar cinc a casa (perquè no n'hi cabeu més). A qui convides? Tot això, que pot semblar un problema però després és una solució, ho decideix el cap. O un altre exemple: t'han enviat un whatsapp que t'ha fet enfadar. Com contestes? En to enfadat? Intentant arreglar el problema? Decideixes no contestar i ho soluciones quan vegis la persona cara a cara? Jo ara no ho sé, perquè cada situació és diferent, però tot això ho decideix el cap... O una altra: els nois i les noies que estan fent quart d'ESO han de decidir si fan batxillerat social, tecnològic o d'arts. Aquesta no és una decisió qualsevol, i potser estem dies o setmanes per escollir. Aquest exercici de pensar el podem fer parlant-ho amb els amics o amb la família, però hi haurà moltes estones que estarem en silenci perquè estarem pensant portes endins què fer. El mateix pot passar amb les activitats d'estiu (casals o colònies?) o amb les extraescolars (piano, bàsquet, dansa, futbol?). El cervell cada dia pren centenars de decisions, des de les més simples (com la del got d'aigua) a les més complicades (com la del batxillerat). Unes i altres acaben esgotant el cervell, que, com la resta de parts del cos, també necessita descansar. Però com que el cervell és com si fos l'ordinador central que dirigeix tot el cos, mai podrà descansar del tot. O qui et penses que ordena als pulmons que respirin i al cor que bategui? Del que sí que pot descansar a la nit és de prendre aquestes decisions. També és veritat que, quan apaguem el llum i ens quedem estirats al llit, possiblement estiguem una estona repassant què hem fet i plantejant-nos què farem demà. Això també ho fa el cervell. Són els últims pensaments que tindrem abans de caure adormits. Perquè quan dormim el cervell no pren decisions: ha de descansar. Això sí, mentre dormim sí que pot passar una altra cosa: que somiem. Normalment seran imatges que no entenem, que sembla que no tinguin sentit. Oi que t'ha passat que a vegades al somni hi apareix una persona en un lloc que no li pertoca fent una cosa estranya? Això és perquè a la nit el cervell aprofita per endreçar els pensaments i posar-los a la carpeta que els toca. De fet, hi ha una carpeta enorme, que es diu memòria, en què el cervell hi va desant bona part de les coses que has viscut: experiències, coneixements apresos, emocions, dades i tot allò que el teu caparró ha pogut anar captant. Com que el cervell «només» té les hores de son per endreçar-les, a vegades t'apareixen en somnis de manera desendreçada. Per això a vegades tens malsons. O fins i tot somnis que semblen tan reals que fins que no et despertes no t'adones que allò era només un somni. Això vol dir que el cervell està posant a lloc tot el que ha viscut durant el dia. I com que molta de la informació que has anat obtenint al llarg del dia la necessitaràs en el futur, el cervell la desa en aquest fitxer tan gran que es diu memòria perquè quan la necessitis la puguis fer servir. Quina és la capital de Portugal? Si has contestat «Lisboa» de manera immediata és que el cervell et funciona perfectament. En el seu dia va aprendre que Lisboa és la capital de Portugal, i ara, davant la pregunta, ha sabut anar directament a la memòria per donar la resposta correcta. Però perquè tot aquest sistema funcioni, al cervell també li convé descansar a la nit, encara que, com has vist, ho fa a la seva manera.

El cap és tan important que també és molt present en la nostra llengua. De fet, la mateixa paraula, cap, *té molts significats diferents, però tots relacionats amb aquesta importància. Per exemple, segur que el teu pare o la teva mare a la seva feina tenen un cap. Evidentment, no es tracta d'un cap que va sol per l'oficina, sinó que és una persona que li encomana les feines, li demana que faci certes tasques o que li truca per encarregar-li alguna cosa. També és possible que el teu pare o la teva mare siguin caps. Llavors són ell o ella els qui tenen persones al seu càrrec.*

En qualsevol cas, cap *té aquest significat de persona que està al capdamunt d'un equip, com el nostre cap, que és qui dirigeix el nostre cos. També quan estem en moviment, caminant, en bicicleta, en cotxe o de viatge, acostumem a dir que anem cap a algun lloc. Cap a on vas? Cap a Rubí. Això també ens dona una idea de direcció, de punta de llança, de lideratge. Perquè qui està primer està al capdavant, com el Barça quan va el primer a la Lliga. Per contra, si una cosa està a la inversa de com ha d'estar direm, precisament, que està cap per avall. Però, a més d'això, hi ha moltes expressions que parlen de com d'important és el cap per al cos. Quan estem tristos molts dies diem que no aixequem el cap, és a dir, que tenim el cap cot (cap avall). Si no ens surten bé els pensaments, podem dir que no tenim el cap clar, perquè també pot ser que tinguem el cap com un bombo. I si ens oblidem d'alguna cosa també acostumem a dir que se'ns n'ha anat del cap. T'havia de trucar però se me n'ha anat del cap. Una preocupació és un maldecap, així junt, encara que també és veritat que podem tenir un simple mal de cap. Quan tenim dubtes ens fan ballar el cap. I si el que cal és mantenir la calma i no perdre els nervis, ens diran que tinguem el cap fred. I és que sembla que la temperatura del cap és bàsica per pensar bé. Oi que a vegades li has demanat a una persona molt insistent que deixi d'escalfar-te el cap? Al cap, com bé has llegit, hi tenim el cervell, però la llengua s'encarrega d'omplir-nos-el de diverses coses depenent de com estiguem. Per exemple, al qui es distreu fàcilment se li diu que té el cap ple de pardals. I al qui és una mica atabalat li direm que és un cap de trons. Els tossuts tenen el cap dur (tan dur que no els entren altres possibilitats), i els que no són gaire llestos reben el nom de cap de suro, com si hi tinguessin aquest material en lloc de cervell. I si ens hem tornat bojos, podem tenir el cap com un timbal o ja directament haver perdut el cap. I és que el cap és el centre dels nostres pensaments. Per això, si estem rumiant alguna idea, algú ens pot preguntar «quina en portes de cap?», i si aquesta idea és molt dolenta ens aconsellaran que ens la traguem del cap perquè, a més, una cosa que no té sentit, t'ho miris per on t'ho miris, no té ni cap ni peus. Ara bé, no has de confondre treure't una cosa del cap amb treure cap ni treure el cap. Són tres coses diferents: treure't una cosa del cap és que te n'oblidis, treure cap significa venir a tomb («a què treu cap que ara hagis dit això?»), i treure el cap vol dir que vas a algun lloc simplement per anar-hi, sense més importància. «Vaig a la piscina, a treure el cap, a veure si hi ha la Mònica». No sé si t'han quedat clares totes aquestes coses. Si no, ja te les pots ficar al cap. Ficar-te una cosa al cap és que et vagis fent a la idea d'una cosa o que la vagis aprenent. I no serà precisament posar-t'hi un barret, encara que sí, també hi ha una expressió molt bonica:* Tants caps, tants barrets, *que ens indica que en el fons tothom és una personeta diferent amb la seva opinió i manera de pensar.*

LA BOCA

A més del cervell, al cap hi ha quatre eines molt importants per al nostre dia a dia: la boca, el nas, les orelles i els ulls. Totes quatre també necessiten descansar. I també ho fan a la seva manera. Comencem per la boca. Creus que la boca s'ha cansat? I tant! Pensa que fa un munt de coses, i no sé si sempre en som conscients. Recordes que pel coll hi passa el menjar necessari per alimentar-nos i l'aire necessari per respirar? Doncs bé, tot això li ve de més amunt. En el cas del menjar, de la boca directament. Quan masteguem, fem anar la dentadura amunt i avall per esquinçar el tros que ens hi hem posat, després l'esmicolem, tot seguit el triturem i quan ja està fet una pasteta l'enviem coll avall (recordes l'expressió *coll avall*?). Depenent de com de dur és el que tenim al plat, podem mastegar més o menys i també durant més o menys temps. Es calcula que per a un tros de menjar sòlid calen entre quinze i quaranta mastegades. La sopa, en canvi, directament no la masteguem. Però quan tenim davant nostre un tros de pastanaga crua, ja convé que la masteguem bé, perquè és tan dura que si no no arribaria mai de la vida a l'estómac. (I després hi ha el cas de la pizza dels divendres, que ja sé que s'hi hauria d'estar més estona però que engoleixes a una velocitat rècord.) Pensa en les vegades que masteguem: per esmorzar a casa, per esmorzar a l'hora del pati, per dinar, per berenar i per sopar (i enmig encara hi haurà algun altre moment que picaràs alguna cosa, que ens coneixem). Fes una cosa: agafa la mà i imita amb els dits el gest de mastegar. Ara fes-ho entre quinze i quaranta vegades. Oi que és cansat? Doncs això ho fem cada dia entre quatre i cinc cops. I tant, que es cansa, la boca! Però és que no només la fem servir per menjar, com bé saps. Abans parlàvem de la respiració. I per la boca hi passa l'aire de sortida d'aquesta respiració. Si la fem bé, l'aire entra pel nas, fa tot el recorregut que hem explicat abans quan estàvem parlant dels pulmons, i després torna a sortir per la boca. En principi la boca només fa de porta de sortida, però hi ha vegades que necessitem respirar amb profunditat per relaxar-nos o bé per centrar-nos. I llavors sí que la boca ha de fer un esforç per expulsar l'aire, que sovint és calent perquè ve reescalfat del cos (que tenim a trenta-sis graus!). Quan fem això, fins i tot omplim les galtes d'aire i després el deixem anar tot. Això també cansa. I això també explica per què la boca necessita descansar. Però la cosa no acaba aquí. A més de menjar i respirar, la boca fa moltes més coses. Sens dubte, una de les més importants és parlar. Abans, quan estàvem al coll ja hem recordat que són les cordes vocals les que emeten el so que ens permet parlar. Són elles les que fan l'esforç principal per parlar (i de fet ja hem dit que la veu la perdem pel coll, quan estem afònics). Però la boca té un paper indispensable perquè aquest so de la veu es transformi en alguna cosa que les altres persones puguin entendre: la parla. Aquí la boca hi té un paper indispensable. La boca agafa el so, i jugant amb les eines de què disposa (llavis, llengua, dents, paladar o el principi del coll), les converteix en sons de lletres. Per exemple, la lletra ela. Digues Lola. Lola. Fixa't en la ela. Per fer la ela, la boca agafa la llengua, en posa la punta al principi del paladar i emet el so. Surt una ela perfecta. Ara prova-ho amb la lletra efa. Per fer la efa, la boca es tanca però no tota. Les dents mig mosseguen el llavi de baix, deixen anar una mica d'aire (com si ens desinfléssim) i surt una efa molt bonica. I així amb totes les lletres. La boca fa servir els llavis, les dents, la llengua, el paladar i el coll (prova de dir coco) per dirigir l'aire i fer els diferents sons. Totes les lletres? No! Et diré un secret: les vocals són les úniques lletres que no topen amb cap part de la boca per sortir amb la veu. A, E, I, O, U. Posem la boca de manera diferent per distingir els sons, però ni els llavis ni la llengua ni el coll ni el paladar ni les dents obstaculitzen la sortida de l'aire. Amb les consonants, sí. Per això es diuen així: consonants. Perquè sonen contra algun lloc. La P, per exemple, no deixa de ser una petita explosió d'aire després de tancar la boca amb els llavis i deixar-lo anar de cop. Pots provar-ho amb totes les lletres. Però fes-ho millor demà, perquè ara la boca ha de descansar. I és que la boca, a més de menjar, ajudar a respirar i parlar, també fa altres coses, com riure, cridar, cantar... I en totes hi estan implicats uns músculs molt petitons però bàsics que estan al voltant dels llavis i repartits per sota el nas, per les galtes i per la barbeta. La boca no para de moure's, i per tant es cansa.

Aquesta capacitat de la boca de fer moltes coses (i molt necessàries) també ha generat força expressions. La majoria tenen a veure, sobretot, amb el fet de parlar. I com que per parlar l'hem d'obrir, una persona que es queda massa callada en una conversa és una persona que no obre la boca. Per contra, ens trobem amb persones que parlen molt, a vegades cridant, per presumir molt d'una cosa sense que, en realitat, facin gaire. A aquestes persones els diem que se'ls omple la boca, és a dir, que fan discursos grandiloqüents però després a l'hora de la veritat parlen més que fan... Normalment tenim la boca tancada, per això, quan alguna situació ens deixa sorpresos, diem que ens deixa amb la boca oberta, encara que la manera més genuïna de dir-ho és bocabadat. Pel que fa al menjar, segur que més d'una vegada se t'ha fet la boca aigua. Això es diu quan un menjar té tan bona pinta que produeixes molta saliva i per això la boca se't desfà de gana. En canvi, hi ha una altra expressió que defineix perfectament quan ens quedem a punt de fer una cosa que ens ve molt de gust i a última hora no ho podem fer: Quedar-se amb la mel a la boca (o als llavis). *Quan algú ens ha posat la mel als llavis és que ens ha deixat tastar una miqueta una cosa però al final no s'ha acabat fent pel motiu que sigui: «Estàvem començant una excursió que em venia molt de gust, però al cap de deu minuts es va posar a ploure molt fort i vam fer mitja volta; em vaig quedar amb la mel als llavis». I finalment... has comès algun error últimament? Sí? Tranquil, no pateixis, jo també. I la meva parella també. I els meus fills. I els meus amics. I els meus companys. Tots segur que n'hem comès algun, perquè... qui té boca s'equivoca, que vol dir que ningú no és perfecte i que de tant en tant cometem errors. És evident que aquesta frase feta la diem així perquè rima. En realitat, se solia dir «qui té boca s'equivoca, i qui té nas es moca», és a dir, que li passa a tothom. Tothom, sigui com sigui, té boca, i això, per sort, ens fa a tots iguals.*

Ah, per cert, saps què fa la boca també? Els petons més dolços, com el petó de bona nit que t'han fet ara que ets al llit... Bona nit, boca, i fins demà...

EL NAS

Ja només ens queden el nas, les orelles i els ulls per acabar aquest viatge pel cos. El nas i les orelles tenen una cosa en comú: en realitat són forats que sempre estan oberts. Ens els podem tapar, però només per un moment; el seu estat natural és estar oberts. I una altra cosa que també els fa semblants és que són poc mòbils. Són bastant fixos però tenen un punt d'elasticitat, és a dir, normalment estan immòbils però els pots manegar una mica: el nas el pots moure amb les mans a la dreta o a l'esquerra, i amb l'orella pots jugar a plegar-la, però no és el més normal. Aquesta petita flexibilitat la donen una mena d'ossos molt tous que es diuen cartílags. En tenim diversos repartits pel cos, com per exemple al genoll. Gràcies a aquests cartílags, el nas o les orelles aguanten la carn que els envolta, però també es poden moure una mica si és necessari (com per exemple quan ens moquem). Tot i així, tant el nas com les orelles treballen molt i, a la seva manera, també necessiten descansar.

Al nas hi ha els dos forats pels quals entra l'aire que necessitem per respirar. Agafen l'aire, especialment l'oxigen, i el porten cap als pulmons, com ja hem explicat abans. I així tot el dia. També a la nit. Per això, igual que els pulmons, això del descans del nas és molt relatiu, perquè des que vam néixer que hi passa l'aire. Així que de quina manera creus que el nas pot descansar? Efectivament: deixant d'ensumar. El nas és el responsable que funcioni un dels cinc sentits que tenim, el de l'olfacte. De la mateixa manera que la llengua és l'encarregada de detectar aquelles coses que tenen mal gust i avisar el cervell perquè no se les mengi (perquè segurament estan en mal estat), el nas fa el mateix amb les coses que fan pudor. És un mecanisme de defensa del cos molt antic: fugir de les coses que no fan bona olor. Això, que també pot semblar una frase feta, és una evidència científica. Quan el pernil dolç fa aquella oloreta estranya, ens el mengem? No, el llencem, perquè segurament se'ns posaria malament. O quan l'aixella ens fa una mica de pudoreta què fem? Ens dutxem, oi? Aquesta pudor que fa l'aixella en realitat és un avís que el nas envia al cervell: compte que hi ha massa suor i ja convé passar-hi una mica d'aigua i sabó. El mateix amb la pudor de peus, marrà, que ja està bé que no te'ls rentis com Déu mana! Hi ha altres senyals d'alarma que ens arriben pel nas i que no necessàriament són males olors. Per exemple, quan es crema una cosa, oi que fa una olor molt determinada? A casa, segur que alguna vegada algú ha dit allò de «aquí fa olor de cremat, alguna cosa s'està cremant...», i què ha fet? Tot seguit s'ha aixecat i fins que no ha trobat el que era (una torrada massa feta, una cigarreta mal apagada o una olla que s'ha quedat sense aigua) no ha parat. Per què? Perquè aquella olor tan característica la relacionem amb perill: si hi ha alguna cosa que fa olor de cremat, possiblement acabi en una flama que podria encendre més coses. Per això anem directament a apagar-ho. A l'altre cantó de les olors hi trobem les coses que la fan molt bona, des d'un perfum a un tros de pizza al forn, o aquella flaire inigualable que fa la xocolata desfeta. El nas detecta que tot allò és suculent i li dona permís a la resta del cos perquè el faci servir: ens empolainem amb una bona colònia, li clavem queixalada a la pizza i gaudim d'aquell dia especial que tenim xocolata desfeta per esmorzar. Bé, tot això passa mentre estem desperts. El nas està actiu però el cervell també, i per això totes aquestes olors es processen tal com toca. A la nit tot això baixa en picat. Recordes haver dormit ensumant alguna cosa? Potser just abans de quedar-te adormit sí. Ara mateix, pots ensumar els llençols, i si són aquells llençols acabats de rentar fan una olor molt especial depenent del detergent o del suavitzant que s'ha fet servir. Però un cop adormits, el nas deixa d'ensumar de la manera que ho fa de dia. Per això, quan et despertes, no recordes cap olor especial. Somnis sí, però olors no. Per això, avui dia encara no sabem ben bé de què fan olor els somnis.

Per la seva capacitat d'ensumar i de respirar, però també per la seva peculiar forma punxeguda que sobresurt de la cara, el nas té un espai al nostre vocabulari de cada dia. El simple fet de tenir nas no vol dir només que en tinguem, sinó que tenim intuïció (olfacte) per fer alguna cosa:

«La Berta té nas per als negocis» vol dir que amb això de comprar i vendre se'n surt molt bé. També és molt intuïtiu deixar-te aconsellar pel nas: «El nas em diu que aprovaré l'examen». Igual que treure el cap, treure el nas *es fa servir per quan anem a algun lloc a fer una visita superficial: «Vaig a treure el nas a la reunió, a veure si parlen del carrer que cal asfaltar». Per contra, si en lloc de treure el nas el fiquem, significa que ens estem implicant en alguna situació (i no sempre perquè ens hi hagin convidat): «Estem parlant nosaltres, no hi fiquis el nas». Si aquesta frase et molesta quan te la diuen és bastant possible que aleshores arrufis el nas. Arrufar el nas és un gest físic (prova de fer-ho, és com arrugar-lo) i ens evoca una mena de desconfiança cap a una cosa com a primer pas per dir que no ens agrada: «Li vam proposar al Jordi d'anar a dinar però va arrufar el nas». Recordaràs també que quan ens deixen sorpresos quedem bocabadats o amb la boca oberta. Hi ha una expressió semblant, que és quedar-se amb un pam de nas. Aquesta, però, a més d'expressar una mica de sorpresa indica també que t'han deixat sense ca-*

pacitat de reacció i a l'estacada: «Van venir amb una guitarra però em van demanar que no cantés perquè ho faig fatal; em vaig quedar amb un pam de nas». Si estàs refredat, pel nas hi passa menys aire i per això fas veu de nas. Per no ensumar res et tapes el nas; per això fer una cosa amb el nas tapat vol dir que la fas sabent que fa pudor: pregunta'ls als pares si alguna vegada han votat amb el nas tapat. I si se'ls escapa el riure per sota el nas voldrà dir que sí.

LES ORELLES

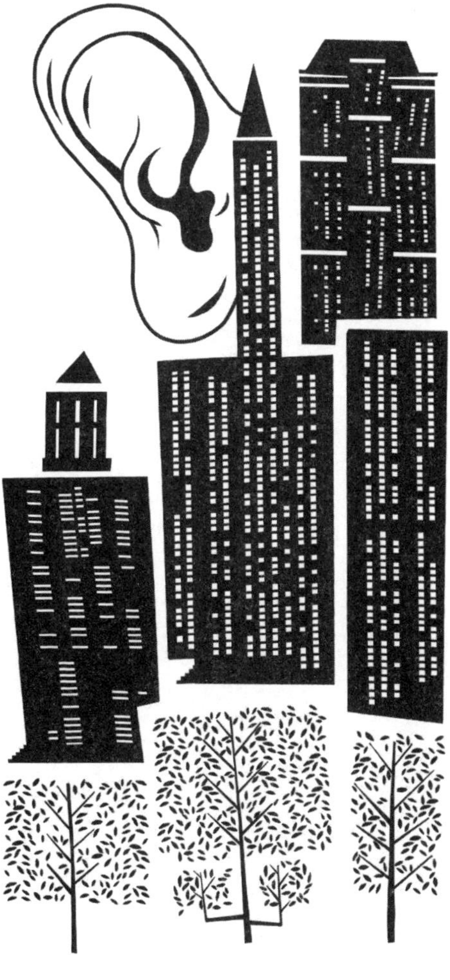

I a les orelles els passa una mica el mateix que al nas. Són un forat que no tanca mai, per bé que a la nit afluixen una mica l'activitat. Les orelles també estan pensades per ajudar el cervell a detectar perills. Les orelles són indispensables per sentir i escoltar. És un dels altres sentits: l'oïda. Quan parlem amb algú, el que diem surt per la boca, però el que ens arriba de l'altra persona ens entra per les orelles. Aquest so el copsem i el nostre cervell el desxifra com alguna cosa que entén. Si és una veu que parla un idioma que sabem, aleshores comprenem perfectament allò que ens diuen: *El iogurt és a la nevera*, *Vols beure aigua?*, *Bon dia*, o *Gràcies* són expressions que entenem perfectament quan el so ens arriba a les orelles. Però les orelles també capten sons que entén tothom, parli l'idioma que parli. Si som a casa i sentim «toc, toc, toc» amb un so que ve de la porta, les nostres orelles ens estan informant que algú està trucant, i que a més ho està fent picant amb la mà; si hagués premut el timbre se sentiria «ding dong». Les orelles també són les primeres a saber quan a algú li ha caigut alguna cosa de vidre a la cuina que s'ha trencat: «patapam, clinc, clinc, clinc». El soroll de vidre que es trenca és molt especial, oi? Doncs tot això ho senten les orelles. Elles ens informen de tot el so que és al nostre abast. I si no t'ho creus, pregunta als grans si la botzina del cotxe és útil. I tant! És una alerta que serveix per avisar els conductors o vianants que estan en perill. Però a la nit tot això baixa d'intensitat. Encara més, a la nit dormim millor si és amb silenci, oi? Vol dir això que les orelles deixen de sentir-hi? No. Però sí que deixen de sentir-ho tot tot tot. Ja ho veuràs, fes una prova: si algun dia veus una persona adormida, prova de parlar-li amb un volum normal. Si està ben adormida, no et contestarà perquè no t'estarà sentint. Les orelles han decidit que amb els sons habituals no cal estar alerta: aquesta és la seva manera de descansar. En canvi, continuaran en alerta per si el so és més alt. Si a aquesta mateixa persona comences a cridar-li: «Foc!, foc!, foc!», segurament passaran dues coses: que la despertaràs i que l'espantaràs. Perquè les orelles li han fet saber al cervell que cal actuar. El mateix si truquen al telèfon o a la porta de casa: per això el so dels mòbils o dels timbres té un to tan característic. Però això no passa quasi mai. Normalment ens posem a dormir, com ara, i ens despertem l'endemà sense haver sentit res, perquè les orelles, com la resta del cos, també han de descansar.

Com no podia ser d'una altra manera, les orelles també són presents a les frases fetes. I, lògicament, sempre amb referència a aquesta capacitat de sentir i escoltar. Per cert, suposo que ja saps que sentir i escoltar tenen un significat diferent. Sentir és, precisament, la capacitat de rebre sons, mentre que escoltar implica posar-hi atenció. Oi que no és el mateix veure que mirar? Doncs el mateix amb sentir i escoltar. «S'acosta Sant Joan i ja he sentit algun petard» és correcte. No direm mai que «hem escoltat un petard», tret que el petard tingui boca i ens vulgui explicar els seus secrets, cosa que dubto. Escolta'm bé, doncs: sentir vol dir una cosa i escoltar una altra. Precisament hi ha una expressió que indica aquesta atenció a l'hora d'escoltar: parar l'orella. *Quan parem l'orella estem atents a allò que ens diuen: «Para l'orella que t'haig d'explicar què farem demà». En canvi, si no vols fer cas d'una cosa que has sentit diràs que t'entra per una orella i et surt per l'altra. Això és molt útil per a les coses que no et faran profit, com els insults, els mals consells o les paraules ofensives. Que una frase t'entri per una orella i et surti per l'altra vol dir, metafòricament, que no queda retinguda al cervell, i per tant que l'oblidarem amb facilitat. I no has sentit mai quan algú et diu que és tot orelles? Vol dir just el contrari. Vol dir que aquella persona t'està fent saber que et prestarà tota l'atenció per escoltar allò que li hagis d'explicar. Com que l'orella és la primera part del cos per on ens arriben les paraules, les informacions, els secrets, els rumors i tot allò que sona, quan tenim la mosca darrere l'orella vol dir que comencem a sospitar d'alguna cosa. Sense saber com, per impressions, per coses que sentim als passadissos, o al pati, o a l'oficina, el nostre cervell comença a relacionar: «Tinc la mosca darrere l'orella que la Maria no jugarà dissabte. Crec que està lesionada». I és evident que si no volem sentir alguna cosa ens tapem les orelles, un gest que pot ser físic però que a vegades és una manera de dir que aquella frase no l'hauria d'escoltar algú: «Mare, tapa't les orelles: avui m'he menjat dos gelats seguits!». I de totes les frases en què surt la paraula* orella *n'hi ha una que no té res a veure amb el fet que gràcies a elles hi sentim: estirar les orelles, que vol dir directament renyar. No té res a veure amb l'oïda, sinó que, literalment, si t'estiren les orelles et faran mal. I abans era un mètode una mica salvatge per castigar els nens i les nenes que havien fet alguna cosa mal feta. D'aquí en va quedar l'expressió: «Si no acabes els deures, a l'escola t'estiraran les orelles». Ara, per sort, els mestres no estiren les orelles en el sentit literal. Renyen una mica? Sí, però segurament perquè t'ho mereixes…*

ELS ULLS

Peus, cames, malucs, panxa, pit, esquena, braços, mans, coll, cap, boca, nas, orelles i finalment arribem als ulls... El final del nostre viatge per tot el cos. Els ulls són els que decidiran al final si estem adormits o no. Només si els tenim tancats ens adormirem. Això no vol dir que sempre que els tinguem tancats estiguem dormint: hi ha vegades que —per exemple— per pensar també necessitem tancar-los. El que sí que és segur és que no hi ha ningú que dormi amb els ulls oberts. És condició indispensable per dormir tenir els ulls tancats. Els ulls, com la resta del cos, també necessiten descansar. Han treballat molt.

Des que s'han despertat al matí que no han parat de veure coses. Per començar, han hagut de veure si érem a l'habitació, que la porta estigués oberta per sortir cap al lavabo, que els llums estiguessin encesos per no caure... i això en els primers segons del dia! A partir d'aquí, imagina't la resta: mirar quina roba ens posem, després mirar si venen cotxes quan travessem el carrer i si anem d'excursió amb l'escola observarem el paisatge del lloc on anem. Heu vist? Veure, mirar, observar, tres coses que fan els ulls però amb diferent grau d'atenció (com allò que dèiem abans de l'orella amb sentir i escoltar). Veiem allò que ens passa per davant dels ulls, mirem quan són els ulls els qui van a buscar alguna cosa i observem quan hi posem tota l'atenció. Hi ha un truc molt fàcil: quan vols que algú miri alguna cosa, quin imperatiu fas servir, el del verb *veure* o el del verb *mirar*?... «Mira quin ocell!». No dius pas: «Veu quin ocell!». En canvi, si no hi has estat a temps, li preguntaràs: «Has vist quin ocell?».

Vegin, mirin o observin, els ulls no paren de guiar-nos tot el dia. Tot el dia, fem el que fem. Perquè a més de veure, mirar o observar, els ulls també llegeixen, com ara estàs fent amb aquest llibre. Però també llegeixes altres coses pràcticament sense adonar-te'n. Si vas amb tren, agafes el que et porti a Sabadell, perquè si al cartell dels ferrocarrils hi diu Terrassa, t'hauràs equivocat (o a la inversa, no us enfadeu, terrassencs!). I així amb tot, és al·lucinant la mà de coses que poden arribar a entrar-nos pels ulls. I, és clar, veuen tantes coses que al cap del dia estan cansats. Molt cansats. I necessiten descansar.

Però els ulls tenen una altra particularitat que els fa diferents de qualsevol altra part del cos: ells per si sols no pararien de treballar mai, i necessiten ajuda per reposar. Els ulls són molt curiosos. Ells estarien mirant i observant tot el dia. No pararien de treballar mai. Tant és així, que per descansar necessiten una mena de persiana que els faci tancar. Són les parpelles. Perquè els ulls es puguin tancar cal que les parpelles baixin i tapin els ulls; és l'única manera. Si no, estarien sempre oberts. Fixa-t'hi: les orelles i el nas són forats que estan sempre oberts, però a la nit sí que saben desconnectar. La boca també sap plegar i ha après a tancar-se tota sola. Però els ulls necessiten que les parpelles abaixin la persiana perquè quedin tancats i puguin descansar. I, de fet, són els últims a tancar: només podem dir que estem adormits quan els ulls estan tancats. Dit d'una altra manera: quan tanquis els ulls començaràs a quedar-te adormit del tot i, llavors sí, tot el cos començarà a descansar de debò.

Ja et pots imaginar el munt de vegades que fem servir la paraula ull *per explicar coses. La majoria tenen a veure amb la seva capacitat de veure i mirar. Per això quan estem vigilant algú normalment diem que no li traiem l'ull de sobre. En canvi, si confiem molt en alguna persona, la manera que tenim de dir-ho és manifestant que encara que no vegem el que fa ens en refiem: podem dir que hi confiem cegament (els cecs no hi veuen) o bé que hi confiem a ulls clucs (*clucs *ja saps que vol dir tancats). Igual que les orelles amb els sons estridents i el nas amb les pudors desagradables, els ulls també tenen l'encàrrec de no menjar-se aquells aliments que no fan bona pinta. Si veus un pernil dolç de color verd millor que el llencis. Per això, quan un menjar fa molt bona pinta passa tot el contrari: que et sembla que te'l menjaries tot encara que no tinguis tanta gana. D'això se'n diu menjar amb els ulls. Els ulls són tan valuosos per a nosaltres que quan una cosa té un preu molt alt hi ha qui diu que costa un ull de la cara. Però hi ha moltes expressions que tenen a veure, precisament, amb això que et deia d'obrir i tancar els ulls. De fet,* *quan diem que una cosa ha passat en un tancar i obrir d'ulls, és que ha ocorregut de manera molt ràpida. Tenir ull per a alguna cosa significa que hi tens especial destresa: «Té ull per a la fotografia, la Míriam». I si vols tolerar alguna cosa que algun amic teu no hauria d'haver fet direm que fas els ulls grossos. Però la importància rau sempre en si els tenim oberts o tancats. Per estar ben atent diem que cal tenir els ulls ben oberts, i en canvi quan veiem que algú s'està adormint diem que se li estan tancant els ulls.*

Que és, de fet, el que hauries de començar a fer..., tancar els ulls, dormir i permetre que tot el cos descansi. Espero que aquest conte, el conte del teu cos, t'hagi agradat. Fins demà. Bona nit.

EL CONTE
(VERSIÓ CURTA I ORIGINAL)

Comencem estirant-nos al llit. Respirem. El cos necessita estar estirat per descansar. Tu potser no et sents cansat o cansada, però ai si les parts del teu cos poguessin parlar! Segur que et dirien que sí, que estan cansades. Per això necessiten descansar. I per descansar, totes les parts del cos volen estar estirades, perquè si no estan estirades no descansen. Han d'estar estirades i amb tot el pes al matalàs. Li donarem tot el pes del nostre cos al matalàs. El matalàs treballarà de nit perquè el cos estigui bé demà. Comencem pels peus. Els peus avui han caminat, han saltat, han corregut... i fins i tot potser han ballat! Estan cansadíssims, els peus, i necessiten descansar. I per descansar necessiten estar estirats. Perquè si estiguessin dempeus estarien aguantant el pes del nostre cos i aleshores estarien treballant. Per tant, deixem anar tot el pes dels peus al llit. El mateix passa amb les cames. Aquestes cames tan boniques avui han treballat molt: s'han mogut molt, han anat amunt i avall, i a més han aguantat el pes del nostre cos. Per tant, les cames també necessiten descansar. I també necessiten estar estirades. Així doncs, tot el pes de les cames el deixarem al matalàs. Si no, estarien treballant. Els malucs també necessiten descansar. No t'ho sembla però s'han mogut molt. És la part del cos que ens permet girar-nos a la dreta, a l'esquerra, amunt i avall. Els malucs, doncs, a descansar. Pugem una miqueta: l'esquena necessita descansar. Ha carregat moltes coses, avui. Potser ha portat la cartera, potser una motxilla, potser no te'n recordes, però a l'esquena hi deus haver portat alguna cosa. De fet, l'esquena carrega moltes coses, algunes ni les veus, però a l'esquena n'hi posem moltes al cap del dia. Per tant, l'esquena a descansar. Deixem anar tot el pes de l'esquena al matalàs. A la part del davant hi tenim la panxa i el pit. La panxa no ens ho sembla, però ha treballat molt. Tot el que hem menjat a l'esmorzar, al dinar, al berenar i al sopar ha anat a parar a la panxa. I la panxa s'ha encarregat d'agafar el millor del menjar i ho ha repartit per tot el cos, perquè creixi, perquè tingui força, perquè estigui sa... Ha treballat tant, la panxa, que també vol descansar. I també el pit. El pit, a dins, hi té els pulmons. Els pulmons són dels pocs que treballaran una miqueta aquesta nit, perquè hem de respirar mentre dormim. Ja anem pel coll. El coll avui ha fet molta feina: s'ha empassat el menjar, ha portat saliva amunt i avall, i a més és per on parlem amb les cordes vocals i per on passa l'aire que respirem. Però és que a més, gràcies al coll, podem moure el cap amunt, avall, a la dreta i a l'esquerra. El coll, per tant, també necessita descansar i, a més, descansar estirat, amb tot el seu pes al matalàs. I arribem ja al cap, una de les parts més importants del cos. És tan important, tan important, tan important, que per descansar, el cap, a més del matalàs, necessita el coixí. I és que a dins del cap hi tenim el cervell, que durant tot el dia no ha parat de pensar coses. Ara, si et sembla bé, et proposo que el cervell deixi de pensar una miqueta. Al cap hi tenim la cara, i a la cara hi tenim la boca. La boca també necessita descansar. Gràcies a la boca hem parlat, hem menjat, hem rigut i potser algú s'ha emportat un dels nostres petons, que són tan dolços i tan bonics que els hem hagut de fer amb els llavis. Ara, doncs, la boca a descansar. Igual que les orelles, que han sentit i escoltat moltes coses. Ara, quan acabem d'escoltar aquest conte, també els direm que descansin, que dormin. Com el nas, que s'ha fet un fart d'ensumar coses. Deixarem els forats del nas oberts perquè puguin respirar, però la resta del nas, a dormir. I finalment, els ulls. Aquests ulls tan preciosos que avui han vist i han mirat tantes coses també necessiten descansar. Fixa-t'hi: els ulls són tan curiosos que ells, per si sols, no se saben tancar. Són l'única part del cos que necessita que s'abaixi una persiana per poder descansar. Amb la boca, per exemple, no passa; la tanquem i ja està. Però els ulls necessiten que una persiana, que en diem parpelles, s'abaixi tota per tancar-los. I quan aquesta persiana estigui abaixada, els ulls estaran tancadets. I quan els ulls estiguin així —tancats— voldrà dir que començarem a dormir. I serà aleshores quan tot el cos, estirat al matalàs, començarà a descansar. Bona nit, i fins demà.

Aquest conte es va escriure
a Sant Cugat del Vallès
durant els anys 2020 i 2021.